15 juillet 2021 -
A. L. Ph.

L'ÉLÉGANT

BARTHÉLÉMY DESPLATS

L'ÉLÉGANT

roman

BERNARD GRASSET
PARIS

Photo de la bande : Chris Minihane / Gettyimages

ISBN 978-2-246-82649-1

On en a connu des perturbations lui et moi. Mais celle qui nous tombe dessus à grosses gouttes, depuis quelques jours à Biarritz, commence à mettre à l'épreuve notre conversation. J'ai évoqué plusieurs fois mon boulot dans la pub, j'ai fait de grands gestes, parlé « discours de marques », « digital », le tout en omettant avec virtuosité de mettre sur la table la crise existentielle que je traverse. De son côté, il m'a raconté sa retraite, son golf, en gardant pour lui sa solitude et une histoire amoureuse pas toujours simple, sinon souvent compliquée. Nous avons cela en commun mon père et moi ; l'élégance de l'évitement. Avec le temps et au prix d'années de frustration pour ma part, nous avons développé la faculté de ne rien nous dire tout en parlant.

Ce jour-là, les conversations de surface sont épuisées ainsi que nos sorties père-fils par temps de pluie. Déjà mangée la côte de bœuf à la Tantina de Burgos ou le thon mariné au Bahia, déjà vu le match de pelote à Bidart, le Bayonne/Perpignan dans un bar… Nous sommes à sec, alors que la terrasse de notre appartement de location est noyée sous les trombes d'eau.

Depuis quelques années, Biarritz est devenu notre rendez-vous. J'y viens pour pratiquer ma passion du surf et mon père en profite pour m'y retrouver et assouvir l'une des siennes : le rosé en terrasse. Nous partageons des moments simples, ponctués par cette phrase qu'il répète lorsqu'il est bien, lorsque derrière les verres fumés de ses lunettes de soleil, son regard semble s'être enfin posé. « C'est vraiment une belle région. »

Puis, il repart comme il est arrivé, toujours un peu trop vite.

Mais cette année, rien ne se passe comme prévu. La tempête a fait voler en éclats notre routine. Ce début mai ressemble à une fin novembre et si ce matin, la boulangère ne m'avait pas proposé une « poche » pour mettre ma « chocolatine », je me serais cru à Dunkerque. Par la fenêtre de mon Airbnb, où l'obscurité semble mieux pénétrer que la lumière, je regarde les passants se précipiter sous les stores des magasins pour échapper à une averse qui dure déjà depuis trois jours. Je me prends soudain à repenser aux paroles sages de mon ami Arnaud qui me disait avant que je parte : « Arf… Biarritz début mai… Ça va être le *bad* mon gars… » C'est effectivement le *bad*, l'enfer, la déprime, le *seum*… Je n'ai pas vu autant de pluie depuis Brazzaville au Congo, cette enfance lointaine avec mon père.

Pour conjurer l'ennui, il faut donc que quelque chose de vrai nous débloque. Et si on se parlait ? Et si on en profitait pour tout déballer ? Et si l'univers entier s'était ligué pour que nous nous retrouvions ici, pris au piège et face à face ? À ces questions existentielles qui se bousculent dans ma tête, mon père répond vaguement en se servant un verre et en allumant BFM TV, une autre de ses passions…

Il ne sait pas communiquer. Et si j'ai hérité de son mètre quatre-vingt-sept et d'un swing capable de faire illusion sur un practice, il m'a aussi légué son angoisse et son incapacité à verbaliser. Mon métier de concepteur rédacteur était donc tout trouvé…

Après avoir regardé trois fois le même journal télévisé, et avant que mon père n'entame sérieusement la très bonne bouteille que j'ai achetée et qu'il est en train de boire comme de la flotte, je me risque à proposer une activité. La sortie de la dernière chance, mon joker, celui qu'on tente quand, ici, le mauvais temps a gagné.

— Papa ? Ça te dit qu'on aille à San Sebastian manger des tapas ? Le temps sera peut-être moins dégueu là-bas !

L'hypothèse de trouver du soleil à une heure de voiture plus au sud est peu probable et il le sait. Mais San Sebastian, c'est le cœur du Pays basque, c'est un art de vivre qu'il adore, c'est du vin que nous n'avons pas encore bu, des restos que nous n'avons pas encore essayés... Alors, après un instant de réflexion, il quitte BFM TV des yeux, me sourit et se contente de répondre :

— Super idée !

À la vitesse à laquelle il se lève, enfile son manteau et se tient devant la porte, je comprends que lui aussi cherchait une idée pour nous sortir de là. BFM TV n'a servi qu'à couvrir nos silences et lui faire gagner du temps ; j'ai simplement été plus rapide que lui.

Nous voilà donc partis face au vent, en direction de l'Espagne, mon père, moi et mon surf, entassés dans sa Nissan Micra fatiguée. Cela fait pourtant cinq ou six ans que nous nous sommes retrouvés, mais je n'arrive toujours pas à me faire à la version « senior désargenté » de mon père. Celui de mes souvenirs, celui qui m'a accompagné en pensée pendant ses longues années d'absence était fort, était riche, roulait dans des grosses bagnoles, avait un bateau, le teint mat et les cheveux d'un noir profond. Il dépensait pour lui et pour les autres sans compter, ce qui pour moi, petit garçon de dix ans dont les parents venaient de divorcer, était une consolation non négligeable. Adulte, j'ai très vite compris que ses excès, son train de vie étaient les raisons principales des difficultés financières qui le minaient aujourd'hui. Mais je n'arrive toujours pas à m'habituer à ce nouveau père.

Assis côté passager, je regarde par la fenêtre et j'essaye de deviner entre les assauts répétés des rafales de vent et de pluie, un paysage qui ne se montre pas sous son meilleur jour. Triste et tourmenté, le Pays basque a oublié tous ces moments ensoleillés et arrosés que nous avons vécus, moi et l'homme que j'entends chantonner au volant derrière la planche de surf placée entre nous deux.

Mon père peut chanter sur à peu près tout. *Hotel California*, le générique de la matinale sur BFM TV, le *Requiem* de Fauré, PNL, la sirène d'un véhicule de secours… Pas une seule mélodie n'arrive à son oreille sans qu'il n'ait le besoin irrépressible de l'accompagner. En chanson donc, nous prenons la route de la côte avant de rejoindre San Sebastian.

À mi-parcours, après avoir traversé la ville de Saint-Jean-de-Luz, nous arrivons à la partie préférée de ce qui était pour nous un voyage : la route de la Corniche. Quelques kilomètres en bordure de falaise avec à gauche, le vert intense des prairies ponctué de maisons blanche et rouge, à droite, l'océan démonté et se dressant devant nous, le massif de la Rhune, les Pyrénées, l'Espagne et le début de ce qu'il y a de l'autre côté. Au premier virage, ce tableau s'offre soudain à nous dans son intégralité et mon père laisse échapper son fameux : « c'est une belle région ici ». Soudain, la lumière apparaît quelques instants, le temps pour moi d'apercevoir qu'au pied des montagnes, dans la baie d'Hendaye, les vagues semblent dérouler à l'abri du vent. Très vite, mes réflexes de surfeur parisien frustré prennent le dessus et je me mets à gesticuler dans la voiture. Pour mieux voir la houle, je me dresse sur mon siège mais à chaque virage, Hendaye disparaît... Alerté par mes mouvements, mon père pose la question à laquelle je m'efforçais déjà de répondre.

— Y'a des vagues ?

Sans grande conviction, mais avec l'envie d'en avoir le cœur net, je réponds prudemment :

— De loin j'ai l'impression, mais je n'en suis pas sûr...

Mon père comprend le message, nous devons aller voir de plus près. Visiblement détendu par notre expédition, et sans doute aussi par la perspective de faire un petit arrêt dans un bar sur la plage, il prend la direction d'Hendaye. J'ajoute alors, comme justification de dernière minute :

— De toute façon, ça ne sert à rien d'arriver trop tôt à San Sebastian, il n'y aura pas encore d'ambiance !

Derrière la planche de surf qui nous sépare, j'entends mon père me répondre, amusé :

— Oui, oui… Bien sûr…

J'ai vu juste. À mesure que nous remontons la rue qui longe la plage principale d'Hendaye, je découvre les vagues aperçues au loin. Pour mieux les observer, j'ouvre ma fenêtre, quitte à laisser la pluie pénétrer dans la voiture. Les conditions sont loin d'être parfaites. Loin de celles que j'aime prendre en photo et envoyer à ceux qui me manquent. Bien que plus abritée que les plages de Biarritz, la baie d'Hendaye accueille aujourd'hui une houle déjà bien cabossée par les combats du large. Peu de surfeurs à l'eau, seuls quelques touristes débutants, facilement reconnaissables à leurs grandes planches en mousse rose et au peu de temps qu'ils passent dessus. Plus loin du bord, il y a quand même un ou deux surfeurs confirmés qui ont l'air de s'amuser et je m'en vais moi aussi, avec un entraînement inexistant et une condition physique limitée, essayer de les rejoindre.

Nous nous sommes garés assez vite, au pied d'une des nombreuses résidences de vacances, encore désertes à cette saison. Toujours dans un esprit « chien fou », j'essaye d'enfiler ma combinaison d'une main et de préparer ma planche de l'autre, pendant que mon père, lui, sort de sa petite voiture comme s'il sortait d'une Jaguar, remontant son col et ajustant avec élégance ses lunettes de soleil sur son nez, avant de scanner le décor à la recherche du meilleur « spot » pour boire un verre à l'abri, face à la mer. S'il est trop tôt pour les bars à tapas de San Sebastian, il est déjà largement l'heure pour lui. Alors, sans un mot, il se met à marcher et m'indique d'un geste précis de la main le bar qu'il a choisi, où je le retrouverai une fois séché, rhabillé et exténué.

Allongé sur ma planche, je rame pour atteindre la zone où les vagues se forment et déjà je sens les muscles de mon cou et de mes bras marquer l'effort. Ce corps, dont l'essentiel de l'activité de ces derniers mois se résume à des journées assis et des nuits debout, se retrouve plongé sans ménagement en milieu agité, à froid. Ça tire de partout, mais je suis heureux. Je suis dans l'eau, à l'approche des vagues, j'ai attendu ce moment depuis longtemps, comme la lumière au bout d'un tunnel dont j'aurais sous-estimé la longueur.

Enfant, quand nous passions sous un tunnel en voiture avec mes parents, je jouais à retenir ma respiration. Recroquevillé sur mon siège, je fermais la bouche, pinçais mon nez et une fois sorti de l'obscurité, je reprenais mon souffle. C'est ce que j'ai fait il y a un an, quand j'ai vu se rapprocher à grande vitesse cet énorme tunnel qui allait tout éteindre dans ma vie pour un moment. J'ai cessé de respirer. En apnée, j'ai traversé une rupture sentimentale, une démission et à cet instant, assis sur mon surf dans la baie d'Hendaye, je reprends enfin une grande bouffée d'oxygène.

L'océan n'est pas froid et malgré la pluie persistante, l'attente entre les séries de vagues est agréable. Je m'occupe en guettant les lignes qui arrivent dans ma direction et en vérifiant de temps en temps que mon père est prêt à regarder son fils se jeter sur sa première vague.

Unique touche de couleur au milieu des façades grises du bord de mer, il porte son pull en cachemire rose et s'est installé, un verre de rosé à la main, derrière la baie vitrée d'un bar-restaurant dont le service n'a pas encore commencé. Mon public est en place, il ne me reste plus qu'à trouver une bonne vague et je suis bien décidé à aller la chercher.

Poussé par une pression toute particulière, je rame en direction des crêtes que j'ai vues se former un peu plus au large. La série arrive mais un surfeur est déjà engagé sur la première vague. Je rame de plus en plus fort, la deuxième arrive face à moi la gueule grande ouverte, mais je décide de tout miser sur la troisième. Au moment où je me mets à douter, je découvre ma vague en passant de justesse au-dessus de la précédente qui se brise derrière moi. J'ai de la chance, elle s'annonce bien. Les autres surfeurs se sont précipités sur les premières, je suis seul. Déterminé à ne pas la laisser filer, je me retourne, rame de toutes mes forces vers le rivage et au moment où je sens la vague m'emporter, je ne pense plus qu'à une seule chose : j'espère qu'il regarde… J'ai trente-deux ans, j'ai passé la moitié de ma vie à l'attendre, je suis devenu un homme sans lui mais j'espère qu'il me regarde comme le petit garçon que j'étais se retournait vers lui après avoir tapé un joli coup de golf au practice. C'est en réalité cet enfant-là qui est en train de surfer, et je le laisse en profiter. Après une petite dizaine de secondes de glisse, la vague meurt peu à peu sous mes pieds et me dépose près du rivage. Réjoui par ce moment, je me laisse tomber dans l'eau en jetant un œil en direction de mon père qui m'observe en levant son pouce droit. Faussement décontracté, je lui réponds d'un signe de la main mais en réalité, je suis surexcité. Chaque vague réussie devant lui est pour moi un accomplissement. Je retourne vers le large en bombant le torse avec une énergie nouvelle. Finis, les muscles qui tirent, maintenant, j'ai un moteur sous ma planche.

Après une heure et demie de vagues hachées par le vent, je décide de sortir et d'aller rejoindre celui qui, sans jamais lâcher son verre, m'a coaché pendant toute la session, en pointant du doigt les séries arrivant du large. Je retrouve mon père dans un petit restaurant basque, coincé entre deux brasseries de plage adeptes du service continu, et qui propose des pizzas, des crêpes, des salades, des grillades, des chipirons, des plateaux de fruits de mer, des paninis et des profiteroles…

Dans la salle, tout rappelle la région où nous sommes. Les piments d'Espelette accrochés au mur, les jambons de pays suspendus dans l'entrée au-dessus du bar, les nappes rayées blanc, vert et rouge, les raquettes de pala…

Pendant que mon regard se perd dans ce décor du Pays basque, un serveur attire mon attention :

— Votre père vous attend dans l'autre salle.

Première fois dans ce restaurant et il est déjà connu. En le rejoignant, je me demande, amusé, ce qu'il a bien pu leur dire pendant que j'étais dans l'eau, pour qu'ils m'aient repéré. J'arrive dans l'autre salle où un magnifique bow-window offre une vue incomparable sur l'océan et les deux rochers jumeaux à droite de la plage. C'est là que mon père s'est installé. La meilleure table, toujours. Dans cette pièce, au mur, de vieilles photos : des *bentas*, ces vieilles auberges nichées dans la montagne à la frontière espagnole, un match de pelote, puis ces petits chevaux sauvages, que l'on ne trouve nulle part ailleurs, et qu'on appelle pottoks.

Quand le serveur arrive avec ma bière, mon père lève son verre, me regarde et dit :

— Bon ! Eh bien, c'était pas mal !

Et il a raison, ce n'était pas mal du tout. À Biarritz, nous avons laissé une ville sans espoir et ce petit voyage est en train de nous redonner des couleurs.

Pendant que nous revenons sur ma prestation en essayant de déterminer si oui ou non, j'ai progressé par rapport à l'année dernière, le gérant du restaurant, installé derrière le bar, décide de mettre un peu de musique. Mais pas n'importe quelle musique : des chants basques.

Depuis qu'il s'est installé dans le Sud-Ouest, il y a une petite dizaine d'années, mon père a renoué avec sa première passion, celle d'avant le golf, d'avant la mer, le vin, les femmes, les restaurants, les chaînes info, et les voitures… le chant. À huit ans déjà, à Saint-Jean, l'institution catholique de sa Versailles natale, il faisait partie de la chorale. Il ne parlait pas beaucoup, mais il chantait. Et visiblement mieux que les autres puisque très vite, il se retrouva soliste et se produisit devant le pape avec les Petits Chanteurs à la Croix de Bois. Plus de soixante ans après, c'est encore pour lui une immense fierté et peut-être, finalement, sa plus grande fierté.

La mélodie des premières voix arrive jusqu'à notre table et tout de suite, mon père interrompt notre discussion.

— Tiens écoute ça, c'est magnifique…

Ce chant, il le connaît, il le répète toutes les semaines avec sa chorale qui, bien que n'étant pas basque, s'est spécialisée dans cette musique traditionnelle. De sa voix grave et profonde, il se met alors à accompagner le chœur, récitant le basque avec la pudeur et l'intensité d'un enfant du pays. Loin de vouloir attirer l'attention des quelques clients déjà installés, mon père chante le plus discrètement possible. Il regarde l'océan devant lui tandis que j'observe la salle où les conversations se sont tues. Il est à peine plus de 19 h 30. Il y a là deux couples de retraités discrets qui semblent se connaître et trois randonneurs affamés par une journée dans les montagnes. Sept clients, un serveur adossé au mur de l'entrée de la salle et moi, voilà le public que mon père feint d'ignorer en continuant à regarder le paysage. Mais je vois bien qu'il se sait écouté, de même qu'il perçoit le silence qui l'enveloppe. En confiance et sans doute ragaillardi par un pichet de rosé, il augmente d'ailleurs très légèrement le volume pour le dernier refrain. Mon père ne sait pas parler mais et c'est une évidence pour tout le monde dans la pièce, il sait chanter.

La musique s'arrête et comme s'il ne s'était rien passé, mon père reprend son verre quand de timides applaudissements le font se retourner pour remercier ces gens qui, un peu gênés, ont tenu à se manifester.

À cet instant, mon père est bien.

Quant à moi, abruti par ma session de surf et la pinte de bière que je suis en train de boire, je regarde béat le paysage de la baie d'Hendaye en l'écoutant chantonner de nouveau sur la musique du restaurant.

Après un rapide échange de regards, nous concluons que c'est le moment pour nous de reprendre la route pour San Sebastian. Nous finissons nos verres et avant de quitter la salle, mon père salue d'un geste de la main le couple de retraités qui l'avait applaudi.

Dans les ruelles étroites de la vieille ville de San Sebastian, il faut attendre la nuit pour y voir. Et c'est au moment où la lumière décline que nous nous approchons à pied du centre-ville. Pendant le trajet en voiture, j'ai pris soin de récupérer quelques adresses sur internet. J'ai encore le souvenir de mon premier séjour dans cette ville où, par manque total d'organisation et de bon sens, nous nous étions retrouvés quelques amis et moi, à errer dans les rues à la recherche d'un bar à tapas qui accepterait de nous servir à 17 h 30, heure à laquelle les restaurateurs commençaient à peine à réapparaître.

Ce soir, avec quelques années d'expérience, tout est différent. Sans avoir rien laissé au hasard, nous arrivons Parte Vieja, quartier historique de San Sebastian. Direction La Viña, une institution depuis plus d'un demi-siècle qui m'a réconcilié, il y a quelques années, avec les fameux *pintxos*. L'heure espagnole n'a pas encore sonné, il reste donc de la place au comptoir. Nous nous installons sur deux tabourets et à partir de cet instant, tout s'accélère. Je fonce sur les assiettes de *pintxos* disposées sur le bar pendant que mon père commande une bouteille de rioja. Il remplit ensuite nos deux verres de vin rouge et moi je termine de piller l'Espagne de ses ressources. *Pata negra*, *tortilla*, chipirons, poivrons frits, anchois de Cantabrie, fromage de chèvre, champignons… J'ai tout pris. Assis côte à côte sous des chorizos artisanaux qui parfument toute la salle de ce petit restaurant, nous commençons une dégustation dans un silence qui contraste avec l'agitation ambiante. Nous avions faim, nous avions soif, et nous échangeons des regards qui en disent long sur le plaisir que nous éprouvons. Entre deux bouchées réjouissantes, nous ne perdons rien du spectacle qu'est l'apéritif à San Sebastian. Ces plateaux de nourriture qui vont et viennent, la musique qui sort de chaque resto, tous ces types qui s'affairent en gueulant parfois sur leurs collègues, et souvent sur leurs clients. C'est un show qui recommence tous les soirs de l'année, et ce soir, c'est nous qui avons les meilleures places.

Une fois l'assiette de *pintxos* terminée et notre rioja bien entamé, nous recouvrons l'usage de la parole, ou plutôt nous n'avons plus d'excuse pour ne pas nous l'adresser. Mon père me confie alors, dans un élan de spontanéité, sa volonté secrète de venir s'installer ici au Pays basque, côté français.

Seul obstacle à ce projet, sa femme Nathalie, qui semble très attachée à Arcachon, au « Ferret » et à ses amis de Bordeaux. Puisque le sujet est maintenant sur le comptoir, j'en profite pour lui poser des questions sur son couple, que je sais fragile et conflictuel.

Il lève un instant les yeux au ciel puis me répond, avec le sourire de celui qui a décidé de s'en amuser :

— Nathalie, elle me fait chier.

Ma réponse est éloquente :

— Ah…

Et lui de renchérir :

— Je ne peux plus la supporter. De toute façon, ce n'est pas compliqué, on vit comme des colocataires, chacun sa vie, chacun ses sorties… Et je vais te dire, c'est très bien ainsi.

À ces mots, je suis évidemment désolé d'imaginer mon père, soixante-dix ans, vivant en coloc' avec celle qu'il me décrit comme « une chieuse », mais avant d'être entièrement désolé pour lui, j'ai encore une question à lui poser :

— Et tu ne vois personne d'autre ?

Surpris autant que moi par ma question, il me regarde puis se met à jouer nerveusement avec son verre vide. Les conversations intimes n'ont jamais fait partie de nos habitudes, pourtant je sens bien que le fait d'être ici, à l'abri derrière la frontière et une chaîne de montagnes, l'aide à faire sauter quelques inhibitions. Autrement dit, je sens qu'il est mûr. Alors je termine la bouteille de rioja en remplissant une dernière fois son verre et j'attends sa réponse en le regardant, sans rien dire. Il laisse passer un moment, prend une gorgée de vin et me dit :

— Je vois une femme de temps en temps mais ce n'est pas ce que tu imagines. Je suis trop vieux pour ces trucs-là tu sais ! On se contente de parler.

Sa fausse modestie m'amuse, la situation aussi. Finalement, je suis rassuré que mon père « trompe » sa femme. Rassuré qu'il accorde quelques parenthèses innocentes à sa solitude, et rassuré aussi que nous puissions partager plus que des *pintxos*.

Mais il ne m'en a pas assez dit. Qui est-elle ? Que fait-elle ? Quel âge a-t-elle ? Je veux tout savoir mais j'y vais en souplesse. Le fil de ses confidences est fragile et j'essaye de le dérouler sans qu'il se casse.

— Et tu l'as rencontrée où ?

Sachant que sa réponse va probablement me faire rire, il me répond, un sourire au coin des lèvres :

— Elle est conseillère chez Nissan.

Il avait raison, l'info me fait rire. C'est donc elle qui se cache derrière cette Nissan Micra sortie de nulle part que mon père conduit depuis quelques années. Il tente de se justifier sans trop y croire :

— Non mais ce sont de bonnes bagnoles, tu sais !

Nos éclats de rire viennent s'ajouter à la vie du restaurant. Ça y est, nous faisons partie du décor. Nous sommes bien ici.

Emporté par ce moment, et peut-être aussi par la complicité qu'il lit dans mes yeux, mon père enchaîne :

— Et tu ne sais pas quel âge elle a !

Moi, avec une vague idée de la direction que prend la réponse :

— Non, en effet.

— Quarante-six !

Quarante-six, un nombre balancé comme un score, comme s'il avait fait une partie de golf mémorable. Et c'est vrai que c'est un joli score. Sa « copine » a plus de vingt ans de moins que lui et mon père me dit ça avec le regard fier d'un garçon de quinze ans qui vient d'embrasser une fille de dix-huit. On ne change pas.

Voulant porter un toast à cette jeune femme qui arrive à faire parler mon père, je lui demande son prénom, et il me répond :

— Nathalie.

Le prénom de sa femme, c'est trop beau. Je n'ai plus de mots pour faire de l'humour alors je me contente de le prendre dans mes bras avec un rire fatigué et de lui dire :

— Eh bien Papa… Au moins il se passe des choses !

L'espace commence à manquer dans ce petit restaurant où désormais tout le quartier semble s'être retrouvé. Après ces révélations, nous décidons qu'il est temps de prendre l'air, d'aller voir et goûter autre chose, ailleurs. Avant de sortir fumer une cigarette, je charge quand même mon père de nous prendre deux verres de vin rouge à emporter. La pluie s'est arrêtée et après la chaleur d'un La Viña bondé, l'air frais me fait du bien. Pendant que je roule ma cigarette, un problème d'équilibre rapidement maîtrisé me rappelle que l'alcool commence à faire de l'effet. Le rioja tape fort et sans ménagement.

Sur des jambes hésitantes, je me tiens pourtant droit, prêt à continuer. J'allume ma cigarette et derrière les volutes de fumée, je vois mon père qui peine à se frayer un chemin jusqu'au comptoir pris d'assaut par une bande d'affamés. Soudain, surgit de la cuisine une femme à la chevelure noire et au teint aussi mat que le bois verni du comptoir. Imposante par son gabarit et son attitude, elle trimballe dans la pièce une autorité naturelle avec la même aisance que l'énorme pichet de sangria qu'elle tient dans sa main. C'est la patronne des lieux, personne n'oserait en douter. Voyant mon père dans le désarroi le plus complet, cette femme au contact musclé mais chaleureux s'adresse à lui par-dessus la foule :

— Hey guapito ! Que te quieres [1] ?

Surpris et un peu décontenancé, mon père montre nos deux verres vides qu'elle remplit aussitôt. Ce n'était pas prévu mais on s'adapte. Il lui tend alors de l'argent et elle lui fait signe que c'est offert par la maison. Ravi, mon père me rejoint à l'extérieur.

Nos verres de sangria à la main, en négociant un par un les pavés fourbes des petites rues du Parte Vieja, nous arrivons devant la deuxième étape de notre feuille de route : « Bar Nestor ». Autre institution qui depuis trente ans, cuisine la viande de bœuf comme nulle part ailleurs. La spécialité de Nestor, chef ombrageux à la moustache en bataille, c'est le *txuleton*. Un steak de bœuf énorme avec une viande bien particulière qui provient de vieilles vaches laitières. Le programme m'a plu et en le présentant à mon père, je constate qu'il lui plaît aussi. D'un trait, nous terminons nos verres

1. « Hey, beau gosse, qu'est-ce que tu veux ? »

de sangria et filons nous installer au comptoir, les deux seules tables du restaurant étant réservées aux vieux du quartier.

Un *txuleton* pour deux et une bouteille de rioja, la commande est partie et pendant que Nestor s'affaire pour nous au feu de bois, nous faisons, sans bouger, le tour des lieux, essayant d'apprivoiser cette nouvelle ambiance. À en juger par le nombre de maillots accrochés au mur, et par les gestes que font les habitués, ici, on parle foot et on supporte la Real Sociedad, la grande équipe de la ville. Mais à peine avons-nous le temps de nous attarder sur les vieilles photos de Nestor, jeune et survolté dans le bus officiel des supporters, que déjà notre plat arrive. Le *txuleton* se mange bleu. Nous dégustons ce steak inoubliable dans un concert de « Hmmm », quand le téléphone de mon père se met à sonner. Après un rapide coup d'œil à l'écran, il me dit :

— Je suis désolé mais faut que je décroche parce que sinon ça va…

Sans terminer sa phrase, ni son morceau de *txuleton*, il sort dans la rue, le téléphone déjà à l'oreille. J'en profite alors, moi aussi, pour prendre l'air, m'éloigner un peu du restaurant et m'allumer un joint.

Cela fait quinze ans que cette habitude m'accompagne. Bien sûr, j'ai arrêté les bangs, j'ai arrêté les « aquariums » quand nous fumions dans les toilettes avec mes copains, j'ai arrêté les indiennes, les turbos, les soufflettes et tous ces modes de consommation qui embrumaient nos mercredis après-midi... Mais j'ai continué à fumer. Avant de quitter mon boulot cette année, quand je me retrouvais avec un joint à la sortie d'une réunion, j'avais l'impression d'être encore ce petit con de quinze ans qui allait se planquer dans la forêt à côté du lycée pour fumer en profitant de l'absence du prof d'espagnol. À la différence près que, dans ce travail délibérément choisi, plus besoin de se planquer, les petits cons avaient le pouvoir. Le département « création » de mon agence de pub regorgeait d'adolescents de tous âges et il était plus facile d'y trouver un rédacteur avec des feuilles à rouler qu'un créatif avec un permis de conduire ou un compte épargne. Je faisais partie de la première catégorie. C'est donc en groupe que nous allions sur la terrasse enfumer nos cerveaux de vieux ados, et en groupe que nous retournions ensuite à nos bureaux, toujours un peu moins jeunes et toujours un peu plus cons.

Mon père n'a jamais connu ça, pas même dans ses plus jeunes années. Il avait pourtant la vingtaine en 65/70 mais il évoluait dans un milieu très conservateur, où ni les drogues douces, ni le rock, ni les bouquins, ni les films portés par la culture hippie et avant cela par la *Beat Generation* n'avaient réussi à percer. Plus Jacques Chirac que Jack Kerouac, mon père a grandi entre Versailles l'hiver et la Bretagne l'été, sous l'œil rarement approbateur d'un gaullisme traditionnel et catholique incarné par une figure paternelle conservatrice et autoritaire. Neuf enfants élevés à la baguette et au cierge pascal.

Le monde dans lequel je vis aujourd'hui n'est évidemment pas le même que le sien et nous le savons tous les deux. Depuis quelques années, nous avons juste appris à construire des passerelles entre nos deux planètes, parfois le temps d'un week-end, d'une soirée, ou d'une bouteille.

De l'autre côté de la rue, au milieu de l'agitation et du bruit ambiant, je vois mon père tenter de mettre fin à une conversation qu'il peine à entendre. Il raccroche, m'aperçoit et me rejoint. Je termine de fumer juste avant qu'il n'ait traversé la foule de badauds qui nous sépare.

Après avoir soufflé un instant, il me dit dans un mélange de lassitude et de désinvolture qu'il adopte à chaque fois qu'il parle d'elle :

— C'était Nathalie...

Joueur, je demande simplement :

— Laquelle ?

Regrette-t-il déjà de m'avoir parlé de cette autre femme ? Le connaissant, c'est bien possible. Mais ce soir, malgré ce coup de téléphone, mon père est en forme, alors il gratifie mon trait d'humour et d'impertinence d'un large sourire et d'une réponse quasi approbatrice :

— Ah c'est malin…

Un silence satisfait nous traverse quelques instants quand soudain, deux jeunes m'interpellent en espagnol avec un fort accent français :

— Hey mec, *tienes fuego* ?

Je leur réponds en français et leur tends mon briquet. L'un des deux jeunes s'approche de nous avec une démarche sans équivoque sur son état d'ébriété et sort un énorme joint de son pull à capuche qu'il allume devant mon père et moi. Ils ont la vingtaine, des bonnets posés sur des cheveux décolorés, des Vans aux pieds et la marque de bronzage de la combinaison de surf sur le cou. Peu de place au doute mais je pose quand même la question :

— Vous êtes surfeurs ?

Ils acquiescent tout en se passant le joint.

L'ivresse me rend parfois sociable donc je renchéris :

— Pas simples les conditions en ce moment, hein ?

Le second se rapproche à son tour et me répond, ivre mais avec l'assurance de ses vingt ans :

— Ouais mais demain on bouge en Galice et après Nazaré ! Grosse houle, longue période, vent offshore, ça va être *sick*.

Après ces informations, les deux jeunes nous saluent et s'en vont, laissant derrière eux un nuage de fumée qui fait se retourner tous les passants croisés.

Un peu circonspect devant cette rencontre, mon père me dit :

— Je n'ai pas compris un seul mot de ce qu'a dit ce type.

Et moi de traduire :

— Simplement qu'il y avait des vagues en Galice et plus au sud à Nazaré. Tu sais, c'est au Portugal.

Mon père, croyant reconnaître :

— Nazaré, c'est la fameuse grosse vague ?

C'est ça. Nazaré, c'est effectivement LA grosse vague en Europe et peut-être même dans le monde. Petite ville balnéaire entre Porto et Lisbonne, Nazaré est devenue, depuis une dizaine d'années, la Mecque du surf de gros. Chaque hiver, ses murs d'eau immenses font le tour de tous les journaux télévisés et c'est pour ça que mon père la connaît. Parce que *L'Équipe* en parle, parce que BFM TV en parle, parce que « Thalassa » en parle… Après un court instant de réflexion, il lance une idée :

— On n'a qu'à y aller !

Moi, stupéfait :

— Comment ça, on n'a qu'à y aller ?

Il insiste :

— Bah oui ! À Nazaré !

J'avais donc bien compris. Surpris et amusé par cette idée qui ne lui ressemble pas, je lui rappelle, en d'autres termes, en quoi consiste le voyage.

— D'accord donc toi, moi et ta petite bagnole, on va traverser l'Espagne et le Portugal, c'est ça ?

Convaincu de son idée, il me répond :

— On passera par la côte ! On prendra notre temps ! Et puis je t'ai déjà dit que c'était une super bagnole !

Ses arguments me font rire mais j'essaye quand même d'évoquer quelques « détails » importants :

— Et ma location à Biarritz ?

— Dans deux, trois jours on est rentrés !

— Et nos fringues ?

Mon père a réponse à tout :

— J'ai plein de vêtements de golf dans le coffre !

En écoutant ses réponses certes un peu avinées mais pleines de conviction, je finis donc par le prendre au sérieux :

— Attends… Mais tu veux vraiment y aller ?

Et il me répond, comme un défi :

— Pourquoi ? Pas toi ?

Bien sûr que j'ai envie d'y aller ! J'ai à peine mouillé ma planche depuis que je suis ici et ce voyage que mon père vient de découvrir, moi, je l'ai rêvé. Rouler vers l'ouest, traverser le Pays basque espagnol, la Cantabrie, les Asturies, la Galice… Et ensuite cap au sud jusqu'à Nazaré, en traversant les vignes de la région de Porto. Sans permis de conduire, j'ai déjà fait l'aller-retour cinq ou six fois en passant des heures sur Google Earth et sur tous les blogs de surf qui énumèrent le nombre de « spots » déserts que l'on trouve sur cette route. Pour tous les surfeurs européens, c'est le trip ultime. Oui, j'ai envie d'y aller. Simplement, je n'oublie pas que l'alcool donne à mon père des ailes qui disparaissent souvent au lever du jour. J'ai déjà essuyé quelques frustrations et je n'ai pas envie de voir mon enthousiasme anéanti par la gueule de bois qui nous attend demain matin. Prudent, je temporise.

— Tu sais quoi ? On va déjà commencer par payer l'addition et se trouver un hôtel pour la nuit parce qu'avec tout ce qu'on a bu, si on doit prendre la route, on va planter ta voiture de course.

Mon père, même marqué par des premiers signes de fatigue, n'en démord pas :

— Parfait, et on part d'ici demain matin !

L'idée est maintenant de trouver un endroit où dormir tout en limitant nos déplacements. La vieille ville est encore agitée mais le rioja devrait nous permettre de fermer l'œil. Au croisement avec la rue perpendiculaire à celle du Bar Nestor, je sors mon téléphone de ma poche pour repérer un hôtel dans le coin. Je lance ma recherche et pendant que les résultats s'affichent, de grosses gouttes de pluie comme il n'en tombe qu'au Pays basque viennent s'écraser sur mon écran. C'est le début d'une averse. Autour de nous, les plus saouls s'en amusent et se laissent doucher pendant que les autres courent se réfugier à l'intérieur des restos où la buée a désormais recouvert toutes les vitres. En essayant de ne pas glisser sur les pavés détrempés, nous filons nous abriter un peu plus loin, sous la devanture d'un restaurant. Entassés mais au sec, nous reprenons nos esprits. Je sors à nouveau mon téléphone à la recherche d'un hôtel quand mon père attire mon attention.

— Regarde ce qu'il y a juste en face !

Je lève la tête et devant nous, de l'autre côté de cette rue étroite, un hôtel : Casa San Juan. Saint-Jean, le nom de la maison de famille de mon père à Saint-Lunaire, en Bretagne. Une immense résidence secondaire de quatre étages qui a abrité tous ses souvenirs de jeunesse mais aussi quelques-uns des miens. Au-delà des matchs de ping-pong entre cousins, des courses dans les escaliers et des serviettes de plage humides, c'est à Saint-Jean que nous avons atterri après être rentrés précipitamment du Congo, il y a vingt-cinq ans. C'était en février, nous avions quitté Brazzaville et son ambiance de guerre civile pour trouver refuge dans cette grande maison bretonne mal chauffée qui grinçait du sol au plafond. Nous n'allions pas y rester longtemps mais je garde en souvenir ces quelques semaines, peut-être ces mois, où enfant, j'ai redécouvert l'hiver, les saisons, les manteaux, les pulls en laine, les bonnets…

Quelques années après le divorce de mes parents, c'est encore à Saint-Jean que mon père s'était installé, lorsque ses problèmes d'argent sont devenus chroniques. Plus qu'une villa de vacances, cette maison était donc pour nous un refuge. Ce soir, quelques latitudes plus au sud, la Casa San Juan s'apprête à jouer le même rôle.

Nous traversons la rue d'un pas rapide et rentrons nous abriter dans ce petit hôtel étroit et tout en hauteur. Personne à l'accueil mais à en juger par le nombre de clefs accrochées sur le tableau en liège derrière le bureau, il y a de la place. Après une ou deux minutes à attendre l'arrivée d'un éventuel réceptionniste, nous voyons un homme sortir du restaurant où nous nous étions abrités, et faire irruption en titubant. Il parvient par miracle à ne pas rater l'entrée de l'hôtel. Ivre et trempé d'un mélange de pluie et de transpiration, il s'adresse à nous sans parler, avec des signes simples. À l'aide de nos mains, nous convenons d'une chambre avec deux lits. L'homme nous donne notre clef, nous indique le premier étage et retourne aussitôt continuer sa soirée dans le restaurant d'en face. Il ne nous reste plus qu'à grimper un petit escalier bien raide où seule une grosse corde de bateau usée fait office de rampe. Tant bien que mal, nous arrivons à nous hisser jusqu'à notre chambre qui, comme prévu, donne sur la rue toujours aussi fréquentée malgré la pluie.

Unique ressemblance avec les vastes chambres-dortoirs de la villa Saint-Jean, la présence d'un crucifix cloué juste au-dessus de nos lits jumeaux. En écartant les bras nous pouvons presque toucher les murs. L'air est étouffant, nous décidons d'ouvrir la fenêtre, tant pis pour le bruit! Accoudé à la rambarde, je prends l'air et me roule une dernière cigarette en regardant l'averse se calmer peu à peu. Mon père s'assoit sur un des lits, défait les lacets de ses chaussures et s'adresse tout à coup à moi:

— Tu fumes toujours des trucs comme les deux types qu'on a croisés tout à l'heure?

« Des trucs »... Impossible pour lui de dire pétard, joint, cannabis ou shit. Tout ça est tellement abstrait voire inconcevable qu'il ne peut le nommer. Je suis d'ailleurs assez surpris qu'il aborde le sujet. À cet instant, après cette belle soirée, je n'ai ni envie de lui mentir, ni envie de lui dire la vérité. Alors sans le regarder et en tirant sur ma cigarette, je réponds:

— Rarement.

Se contentant de cette réponse qui nous ressemble, mon père s'allonge tout habillé sur son lit et s'endort comme une masse. À la fenêtre, je termine ma cigarette, bercé par les voix des fêtards et les ronflements alcoolisés de mon compagnon de chambre. La nuit s'annonce bruyante…

Le matin, il me faut une bonne dizaine de secondes pour situer l'endroit où je me suis endormi. Une fois le puzzle de la soirée reconstitué, je réalise que je suis à San Sebastian, à l'hôtel Casa San Juan et que mon père est sûrement déjà levé puisqu'il n'est pas dans son lit. Après quelques soupirs et un mal de crâne naissant, je me lève et rejoins la petite salle de bains de notre chambre. Devant la glace, je découvre mon visage bouffi et mes yeux rouges.

Habillé, je quitte la chambre pour aller retrouver mon père, quelque part dans le quartier. À l'accueil de l'hôtel, toujours le même homme, à peine moins ivre et à peine moins trempé.

Je lui règle la chambre et je découvre mon père, installé à la terrasse du restaurant, juste en face. Frais, coiffé et le pull sur les épaules, il est au téléphone et semble préoccupé. Pendant qu'il continue sa conversation, je m'installe à côté de lui pour feuilleter ses journaux : *L'Équipe* et *Le Figaro*.

Mais je ne suis pas encore assis que mon père, sans me regarder, se lève pour aller discuter plus loin.

Il est 9 heures du matin, et les rues sont désertes. Quelques vieux du quartier ont sorti leurs chaises mais pour l'instant, à part mon père qui fait les cent pas en fixant ses New Balance, il n'y a pas grand monde à regarder. En feuilletant les pages de *L'Équipe*, je me dis que j'ai bien fait de ne pas m'emballer au sujet de ce voyage pour Nazaré. Et ce n'est peut-être pas plus mal. Je ferai ce *road trip* comme prévu, avec des surfeurs et dans un van design et confortable.

Je reprends ma lecture quand mon père, sa conversation terminée, revient s'asseoir à côté de moi.

Après un sourire quasi mécanique, il me demande :

— Ça va ?

Moi, honnête mais digne :

— Un peu dur mais ça va.

Le thé que j'ai commandé arrive et mon père poursuit :

— Dis-moi, à propos de ce petit voyage dont on parlait hier soir…

Voyant où il veut en venir, je me permets de le couper pour lui éviter une explication embarrassante :

— Oui, ne t'inquiète pas, je comprends. On avait pas mal bu, on était dans l'ambiance, je ne nous ai pas vraiment pris au sérieux ! Et puis déjà hier soir, je te disais que…

À son tour de me couper, pour ajouter, soudain plein de détermination et d'enthousiasme :

— Eh bien tu aurais dû, parce que moi, je suis toujours partant !

Me voilà bien surpris. Je ne m'attendais pas à ce que cette idée – inspirée par deux jeunes surfeurs à la dérive – passe la nuit. À cet instant, ma seule envie est d'aller m'installer sans plus attendre dans la voiture, côté passager. Je tempère néanmoins mon exaltation pour lui poser une dernière fois la question, un sourire vissé sur mon visage.

— Papa… T'es vraiment sûr ?

Après une pause, il me répond :

— C'est le moment ou jamais, non ?

La Galice, province la plus à l'ouest de la péninsule ibérique, est la première destination de notre voyage. Pauvre, déserte, hostile en hiver et sauvage toute l'année, on y trouve les plus belles plages du pays qui, si l'eau n'y était pas si froide, seraient envahies de parasols et de glacières chaque été. J'ai découvert cette région l'année de mes douze ans, dans un numéro du magazine *Surf Session*. Déjà mordu de ce sport, j'oubliais mes frustrations de petit Breton vivant sur une côte trop abritée, en découpant les pages de papier glacé de ce magazine. Je scotchais les plus belles photos sur les murs de ma chambre et rangeais les autres dans un album. Toutes ces vagues parfaites me faisaient rêver, mais certaines me restent aujourd'hui plus en mémoire que d'autres. Je garde ainsi le souvenir intact de la première fois que j'ai parcouru ce dossier spécial sur la Galice. Loin des vertigineux tubes hawaïens que leur taille rendait totalement abstraits, ces vagues parfaites semblaient – sur le papier – à ma portée. Je regardais ces lignes d'environ un mètre, un mètre cinquante, dérouler de gauche à droite et j'avais l'impression de les surfer. Je sentais la vitesse sous ma planche, je voyais la vague s'ouvrir devant moi, comme si j'y étais.

Et d'une certaine façon, j'y étais déjà. La Galice et la Bretagne ont beaucoup en commun. Deux petites enclaves, deux territoires en première ligne face à l'océan, et des lumières, des couleurs qui se ressemblent.

Depuis tout ce temps, je nourrissais donc l'envie de venir surfer les vagues de la plage de Pantin, de Valdoviño, de Nemina ou de Razo. Au fil des années, en fonction des plaisirs du moment, j'ai envisagé ce voyage de manières très différentes. D'abord en vacances avec Vincent, mon ami d'enfance et celui avec qui j'ai commencé ce sport. Plus tard en van, avec deux copains du boulot, passionnés eux aussi et plus récemment, en amoureux ou bien seul dans un des nombreux surf camps de la région. Une chose est sûre, je ne l'ai jamais envisagé avec mon père, sa petite bagnole et son sac de golf, mais de cette configuration aussi inattendue pour lui que pour moi, nous avons décidé de tirer le maximum. Comme deux affamés, nous partons vers une destination qui pour lui, importe sans doute moins que le reste.

Mais j'ai beau avoir sauté dans sa voiture sans me faire prier, un mystère subsiste. Qu'attend-il de ce voyage ? Que cherche-t-il en partant vers l'inconnu avec moi ? C'est une évidence, mon père est loin d'être animé par la quête de la vague parfaite ou par l'amour des grands espaces. Pour lui, aujourd'hui, l'aventure se limite à prendre le plat du jour au restaurant, à porter un chino couleur saumon ou à verser du Perrier dans son whisky. Alors le voir s'installer au volant, prêt à avaler les kilomètres et à traverser deux pays en quarante-huit heures, c'est inédit. Si je le connaissais bien, je penserais qu'il me cache quelque chose mais je dois l'avouer, cet homme a toujours été une énigme pour moi, un code indéchiffrable. J'ai pourtant souvent joué les perceurs de coffre avec lui, j'y mettais de la patience, du doigté, de l'acharnement parfois, mais la combinaison restait toujours introuvable. Son blindage, consolidé année après année, a fait de lui une forteresse, dont il ne peut même pas s'échapper. Inévitablement, en gardant pour lui ce qu'il est, par pudeur, ou par élégance dirait-il, mon père s'est coupé de tous liens solides, de toutes relations profondes avec ceux qui l'entourent. Condamné à nager en surface, beaucoup de choses lui échappent, à commencer par son fils. Parce que si je ne sais rien de lui, je sais qu'il ignore tout de moi.

Et peut-être est-ce ça la raison de ce voyage : nous connaître, enfin. Mais jugée trop peu probable et sans doute trop « téléfilm » à mon goût, cette explication ne tient pas. De toute façon, les options ne sont pas si nombreuses. Quand on part, on le fait pour fuir, ou pour trouver. La suite nous dira quelle est la vérité.

Huit heures de route nous séparent de l'arrivée en Galice, mais pour mon père, qui chantonne par-dessus les ondes espagnoles, le temps passe plus vite. Mega Star FM a remplacé RFM et nous découvrons donc, entre quelques tubes anglo-saxons, la musique pop locale, mélange de guitares flamenco, de claviers dance et de rythmiques électro. Une chanson passe pour la deuxième fois et, fortes de paroles minimalistes et d'une mélodie composée sur mesure pour les clubs de vacances, elle commence déjà à s'imprimer profondément dans nos mémoires.

« Y bajando, bajando
Olvidando, olvidando
Que estoy bailando, bailando
Y así hasta el amanecer »

Danser jusqu'à l'aube, voilà la promesse engagée et entêtante d'Álvaro Soler, sorte de Kendji Girac ibérique, dans son morceau *La Cintura*. Au premier refrain, je me moque et au deuxième, je succombe et finis par accompagner mon père de quelques vocalises.

Toujours face au vent et toujours séparés par ma planche de surf qui, je l'espère, aura bientôt une autre utilité que cette paroi entre lui et moi, nous avalons les kilomètres d'une magnifique route de bord de mer chacun de son côté, chacun avec son enthousiasme, sa voix, ses attentes mais aussi ses incertitudes. Depuis que nous avons quitté San Sebastian il y a un peu plus d'une heure, j'attends le moment idéal pour lui poser la question qui me trotte dans la tête et que je ne peux étouffer : pourquoi ce voyage ?

Sans doute est-ce trop tôt. Sans doute devrais-je laisser la route m'apporter les réponses mais mon impatience est décidément plus forte que ma sagesse.

Si c'est la fuite qu'il recherche, j'ai peut-être une explication, mais je préfère qu'il me donne la vraie, la sienne, celle qui déterminera le ton des prochaines quarante-huit heures. Je profite d'une coupure publicitaire sur Mega Star FM et du fait que mon père s'est arrêté de chanter depuis un petit moment pour lui poser cette question avec le plus de légèreté possible :

— Dis-moi Papa, maintenant qu'on est en route, tu peux me le dire, c'est à cause de Nathalie que tu voulais faire ce voyage ? T'as pas envie de rentrer, c'est ça ?

Sa réponse tarde à venir alors je baisse un peu le son de la radio et le relance :

— Papa ?

Toujours pas de réponse. Pour voir son visage, je passe la tête au-dessus de ma planche et je devine derrière ses lunettes un regard désorienté et angoissé. Sur son front, les rides sont encore plus marquées que d'habitude et ses mains s'agrippent au volant comme s'il pouvait leur échapper à tout moment. Inquiet, je l'interroge à nouveau :

— Papa, ça va ?

D'une voix à la fois contrariée et pleine d'appréhension, il me répond :

— Mais je ne comprends pas, ce n'est pas du tout la route de la Bretagne !

Loin d'être rassuré par cette réponse, j'essaye néanmoins de replanter sereinement le décor autour de lui.

— Ah non ! Papa, on est en Espagne. On se dirige vers la Galice et ensuite, on a prévu d'aller voir les vagues à Nazaré, au Portugal... Tu te souviens ?

Il me répond en ajoutant l'agacement à l'appréhension :

— Oui oui, d'accord mais est-ce que ta mère est au courant ? Parce qu'elle nous attend !

Devant ses réponses, je suis aussi démuni que lui face aux miennes. Les mots qui sortent de sa bouche montrent l'étendue de sa soudaine perte de repères et me glacent. Cachant maladroitement ma détresse par un excès de décontraction, je lui réponds :

— Non, Papa… Maman est en Normandie avec son compagnon. Ils vivent là-bas depuis quelques années. Tu t'en souviens ?

Son silence est lourd de signification, mon père est sans doute en train de comprendre ce qui vient de se passer. Face à son désarroi, j'ajoute :

— Tu ne veux pas qu'on s'arrête prendre un café ? On a déjà fait pas mal de route…

Il accepte, et au bout de quelques kilomètres interminables, nous entrons dans une des nombreuses petites villes côtières situées sur notre itinéraire. Sans prendre le temps de choisir l'endroit de notre étape et sans que jamais je ne le quitte des yeux, nous nous arrêtons devant le premier café que nous trouvons. La voiture garée, je reprends ma respiration.

Installé à l'intérieur de l'établissement, face à un océan démonté, mon père se calme et recouvre peu à peu ses facultés. Dans son regard plongé dans le fond de sa tasse de café, le doute fait place à l'embarras, à la honte. Et pour lui, rien n'est pire. Dans sa vie, mon père n'a pas construit grand-chose à part son image. Toute la volonté et l'énergie qu'il ne mettait pas dans son job et dans ses mariages, il la dédiait à l'image de « l'Élégant », un surnom donné par ses amis pour un personnage créé à grands coups de cigares, de whisky-glace, de swings de golf, de pulls en cachemire et pendant un temps, de réussite professionnelle. Mais lorsque « l'Élégant » se fissure et que cette image séduisante laisse apparaître quelque chose de plus sombre et de moins maîtrisé, mon père se décompose en même temps que son personnage. À ce moment-là, il ne souhaite qu'une chose : disparaître. C'est d'ailleurs ce qu'il fait chaque fois que son image prend des coups. Et si, pendant toutes ces années où nous avons vécu l'un sans l'autre, il n'a jamais cherché à reprendre contact, c'est, je pense, parce que la honte était – pour lui – insurmontable. Alcool, dépôt de bilan, fraude fiscale… Il n'arrivait plus à faire tenir debout cette silhouette en carton qu'il avait créée, mais il ne pouvait pas non plus se montrer sans elle.

Les années ont fini par passer et sa retraite l'a aidé à faire bonne figure. D'abord financièrement et ensuite, fort de cette stabilité retrouvée, auprès de ses enfants, ma sœur, mon frère et moi.

Je le pensais délivré de cet avatar destructeur et que, battu en brèche, « l'Élégant » n'était plus. Mais à en juger par l'homme qui se tient aujourd'hui devant moi, muet et beaucoup moins préoccupé par sa santé que par l'image diminuée qu'il me donne à voir, je me dis qu'il est loin d'être tiré d'affaire.

Sentant que nous pourrions rester assis dans ce café plusieurs années sans qu'il dise un mot, je prends la parole, hésitant :

— Papa, ce qui s'est passé dans la voiture tout à l'heure, ça t'est déjà arrivé ?

Comme si ma question et mon inquiétude n'avaient aucun sens, il y répond avec désinvolture et un brin de mauvaise foi :

— Non… Mais ce n'est rien ! Ça a dû m'arriver une ou deux fois au golf mais c'est juste un coup de fatigue…

J'ai envie de lui répondre que lorsqu'on a un coup de fatigue on bâille, on ne se retrouve pas en Bretagne en 1996, mais je crois que pour le moment et peut-être par lâcheté, je préfère arrêter de l'inquiéter et surtout arrêter de m'inquiéter, moi. Réaliste, je sais que fermer les yeux sur cet incident ne sera pas si facile mais pour le bien de notre voyage, je suis décidé à essayer.

Alors je ferme les yeux et lui demande simplement :

— T'es sûr que tu veux continuer la route ? On peut encore rentrer tranquillement à Biarritz, tu sais !

Rassurant mais voulant également expédier cette discussion sur son état, il me répond :

— Puisque je te dis que tout va bien ! J'avais juste besoin de boire un petit café et voilà, je suis reparti !

Il se lève et ajoute :

— Je vais aller payer pendant que tu finis ta cigarette et on se retrouve à la voiture !

La discussion est close.

Nous reprenons donc notre voyage presque comme si de rien n'était. Mon père hausse le volume de la radio et se met à chantonner pendant que je regarde s'éloigner cette petite ville d'étape sans nom avec une certaine appréhension. Même si le GPS de la voiture est là pour nous guider, nous ne savons pas du tout où nous allons…

— Arrête de me regarder comme ça sinon on va vraiment finir par avoir un accident !

Mon père s'agace. Depuis que nous sommes repartis et pour m'assurer qu'il va bien, je ne peux m'empêcher de jeter des coups d'œil par-dessus mon surf. Désormais repéré, je m'enfonce dans mon siège. Je n'aurai pas fermé les yeux longtemps… J'ai beau essayer de penser à autre chose et de me reposer un peu, le mot « Alzheimer » clignote dans ma tête comme une enseigne de casino. Je tente alors de regarder le paysage mais sur tous les panneaux de signalisation, sur toutes les pancartes qui nous accueillent à l'entrée des villages, je ne lis qu'un seul mot : Alzheimer.

Mon imagination est en marche, je vois les prochains mois, les prochaines années. Je vois mon père déambuler en caleçon dans les rues du Pyla, complètement perdu, je vois le regard d'un vieux monsieur qui ne me reconnaît plus. Dans ma tête comme à l'extérieur, la maladie envahit tout, j'étouffe. J'ouvre alors un peu la fenêtre et prends de grandes bouffées d'air.

Il y a certainement une autre explication. Le coup de fatigue invoqué par mon père n'est peut-être pas si éloigné de la vérité. Il faut, en effet, avouer que la nuit dernière a été aussi riche en alcool que pauvre en sommeil…

Après avoir noirci le tableau, j'essaye maintenant de lui apporter quelques couleurs d'espoir. Bonne ou mauvaise idée, je sors mon téléphone et tape « perte de mémoire et désorientation » dans Google et cherche, parmi les sites proposés en réponse, les plus « pro » et surtout, les plus rassurants. J'élimine d'emblée Doctissimo, lieu de plaisir masochiste de tous les hypocondriaques de la planète et choisis e-santé.fr, parce qu'aucune mauvaise nouvelle ne peut venir d'un site dont le logo est un cœur bleu ciel et vert.

« *La perte de mémoire et la désorientation peuvent indiquer un trouble passager tout à fait bénin d'une durée de quelques secondes, ou une maladie grave.* »

En d'autres termes, c'est rien ou c'est mort.

De ce diagnostic éclairé que je me félicite d'avoir sélectionné, je garde néanmoins une info essentielle : une chance sur deux.

Anecdotique ou tragique, rouge ou noir, comme à la roulette. Je décide donc de tout miser sur l'anecdotique, sur le « *trouble passager tout à fait bénin* ». C'était juste un coup de fatigue.

Nous quittons le Pays basque. L'entrée en Cantabrie – région plus à l'ouest – se fait en longeant une côte découpée où les grandes plages ont laissé pour un temps la place à de petites criques entourées de falaises. Sinueuse, la route monte pendant plusieurs kilomètres avant de nous offrir, de l'autre côté de cet immense rocher dont nous faisons le tour, une vue plongeante sur un petit village au bord de l'eau. Quelques toits de tuiles et une plage abritée où l'eau éclairée par une percée du soleil prend des couleurs émeraude. Un paysage tellement beau qu'il brise le silence installé depuis un bon moment dans la voiture. Mon père retrouve la parole et m'offre une variante de son fameux « c'est vraiment une belle région » :

— Ce n'est pas moche non plus ici !

Plus enthousiaste, je lui réponds :

— C'est magnifique tu veux dire !

Avec une idée derrière la tête, il me fait une proposition :

— Tu veux qu'on s'arrête pour déjeuner ?

Midi. Nous ne sommes décidément pas à l'heure espagnole mais je dois reconnaître que j'ai faim et je me doute qu'il a soif. Nous descendons dans le petit village de Mioño et allons nous installer au restaurant les pieds dans l'eau, La Encina. Abritée du vent et exposée au soleil, la terrasse de ce petit restaurant en bois – qui ne doit ouvrir que lorsque le temps le permet – n'est pas désagréable. Comme prévu, nous sommes seuls sur une des grandes tables à partager, mais ce n'est pas compliqué d'imaginer l'ambiance des lieux un soir d'été. Je vois déjà les plateaux de *pintxos* sur le comptoir, prêts à être servis, les bandes de copains et les familles installées au coude à coude à chaque table et les retardataires buvant leurs verres debout ou assis un peu plus loin sur la digue.

Notre commande arrive, deux dorades grillées et une bouteille de rosé. Après un ou deux verres et quelques bouchées d'un poisson cuit à la perfection, mon père s'adresse à moi avec une voix qui se veut rassurante :

— Écoute, je sais que tu te fais du souci pour ce qui s'est passé tout à l'heure dans la voiture mais il ne faut pas. J'ai fait plein d'examens il n'y a pas longtemps et je t'assure que tout va bien.

Momentanément rassuré, je décide de clore avec le sourire, une discussion pesante pour lui comme pour moi.

— Ok, n'en parlons plus !

Après avoir regardé en silence le paysage autour de lui, mon père ajoute, satisfait et convaincu :

— Et puis, franchement, on est bien là, non ?

Soudain, une chanson familière passe dans le petit poste de radio posé derrière le bar. C'est *La Cintura*, le futur tube de l'été que nous avons déjà écouté dans la voiture. Réjouis et désinhibés par le vin et le soleil, nous demandons au barman de monter le son et nous nous mettons à chanter le refrain sous son regard amusé.

« Estoy bailando, bailando
Y así hasta el amanecer »

Repus, nous terminons notre déjeuner et notre bouteille en évoquant l'itinéraire du jour.

L'idée est d'arriver au nord-ouest de la Galice en fin de journée pour pouvoir y surfer et si tout se passe bien, y dîner et y dormir. Sûr de lui, mon père maintient qu'il peut faire la route d'une traite sans problème, à une seule condition :

— Laisse-moi juste quinze minutes de sieste dans la voiture avant de partir et après, c'est bon.

J'accorde généreusement un temps de repos à mon père et j'en profite pour fumer un joint face à la mer tout en prenant des nouvelles du monde extérieur sur mon téléphone. En le sortant de ma poche, je remarque assez vite au milieu des douze mille cent quarante et un mails non lus et des soixante-dix-sept messages vocaux non écoutés depuis des mois, qu'un numéro inconnu m'a appelé plusieurs fois entre hier soir et aujourd'hui. J'ai déjà rappelé ce genre de numéro et j'ai eu le plaisir de tomber sur une centrale d'appel, les impôts, ma banque, pôle emploi, une ex, la police… Rien qui me donne, à cet instant, l'envie de pousser plus loin l'investigation. Je préfère me dégourdir les jambes et marcher un peu au bord de la plage avant de passer encore cinq à six heures les genoux dans le tableau de bord.

Mon père et la sieste… Tous les jours de notre vie passée ensemble, il fallait qu'il s'allonge quinze minutes après le déjeuner. Mais attention, « pas une minute de plus ! »

Et c'est vrai qu'il ne dépassait jamais, réglé comme la vieille montre Cartier qu'il avait à l'époque au poignet.

J'ai quant à moi toujours été très mauvais pour les siestes. Enfant, lorsqu'elles m'étaient imposées, j'allais m'allonger sur mon lit, les yeux ouverts, avec la sensation très désagréable d'être en train de manquer quelque chose. À Brazzaville, dans ma petite chambre toute blanche, je comptais les minutes avant de pouvoir rejoindre mes frère et sœur que j'entendais jouer au bord de la piscine. Une impatience qui ne laissait que peu de répit à mes parents ou à Philomène, la nounou congolaise qui s'occupait de moi pendant la semaine.

À cette époque, j'étais fasciné par la vitesse à laquelle mon père arrivait à s'endormir à l'ombre d'un parasol, pendant que j'essayais de négocier en vain quelques minutes supplémentaires de jeu dans la piscine avant de regagner ma chambre. Mais aujourd'hui, quand je vois ce qu'il descend, midi et soir, tout s'explique. Je suis d'ailleurs moi aussi pris par un bon coup de fatigue qui tire très certainement son origine du cocktail rosé-soleil-joint que je viens de m'administrer.

Les quinze minutes sont largement passées et je décide de me rapprocher de la voiture. De loin, je vois qu'il dort encore profondément, la tête en arrière et la bouche grande ouverte. Cette vision me fait sourire. Arrivé à son niveau, je frappe à la vitre. Pas de réponse. Je frappe à nouveau mais toujours pas de réaction de sa part. Sur mon visage, le sourire s'efface et l'angoisse, à peine redescendue depuis son absence au volant, remonte aussitôt. Pulsations, tremblements, transpiration, c'est l'emballement général mais au moment où je m'apprête à ouvrir sa portière, ses yeux s'ouvrent, péniblement. Une fois réveillé, il tourne la tête, croise mon regard et me sourit. Fausse alerte, je me détends et tâche de masquer le stress qui vient de me traverser comme une décharge électrique.

Pour donner le change, je me fais un brin moqueur et le questionne :

— Eh bien ? Où sont donc passées les siestes de quinze minutes, montre en main ?

Pris sur le fait, il me répond, non sans une certaine mauvaise foi :

— Je m'accorde de temps en temps une petite demi-heure…

Encore fébrile, je le rejoins dans la voiture et m'installe aussi confortablement que possible. C'est indéniable, l'incident de tout à l'heure a laissé des traces, mais je compte sur la suite du voyage pour m'aider à les gommer, une fois pour toutes.

Le GPS est optimiste, il nous annonce cinq heures pour atteindre la plage de Pantin, au-dessus de la ville de Ferrol. Je quitte donc Mioño déjà nostalgique du moment que nous venons de passer mais nourri par l'espoir de surfer en Galice ce soir.

Je n'aurai pas vu la Cantabrie ni même une bonne partie des Asturies, la dernière région qui nous sépare de la Galice. La tête contre la vitre de ma portière, j'ai dormi, assommé par notre déjeuner, la soirée d'hier et sans doute deux ou trois petites choses en plus. J'ouvre les yeux et je remarque que notre route s'est éloignée de la côte pour s'enfoncer dans les terres. Je m'étire tant bien que mal dans mon espace quand mon père remarque l'agitation derrière ma planche.

— Ah ça y est, tu es réveillé !

Encore un peu dans le cirage, je lui demande :

— J'ai dormi combien de temps ?

Content de pouvoir se moquer de moi à son tour, il me répond :

— Je ne sais pas précisément quand tu t'es

endormi, mais ça doit bien faire deux heures que tu ronfles !

Je jette un coup d'œil au GPS, le verdict tombe, j'ai dormi plus des deux tiers du trajet, radio allumée, Mega Star FM à tue-tête...

Curieux, je lui demande :

— J'ai loupé la chanson ?

Il confirme et me précise, avec un sourire dans la voix :

— Et quelques paysages magnifiques !

Optimiste, je conclus :

— La bonne nouvelle, c'est qu'on n'a pas fini d'en voir !

Et c'est vrai que la vallée que nous traversons est splendide. La route entre la ville d'Espina et Canero est entourée de montagnes, et dans une déclinaison de verts, du plus clair au plus foncé, elles se dressent devant nous, presque solennelles. Unique bémol à cette carte postale des Asturies, la présence de camions sur notre itinéraire, avec lesquels il faut composer pour se frayer un chemin.

Si Nazaré, notre destination finale, se rapproche, nous arrivons pour l'instant aux portes de la Galice. Impatient, à deux petites heures de notre arrivée à la plage de Pantin, je suis pris par une envie de regarder les prévisions de surf pour ce soir. Mais une fois mon téléphone sorti, je me ravise. Peu importe les informations que je trouverai sur internet, nous sommes en route et il est de toute façon trop tard pour un plan B. Je préfère choisir la surprise et un peu de rêve en tirant du grenier de ma mémoire les photos du numéro spécial de *Surf Session*.

— T'as regardé les prévisions pour tout à l'heure ?

Comme si je n'avais jamais hésité, je lui réponds :

— Non, non, je préfère découvrir en arrivant !

Soudain paternel, il me met en garde :

— Si c'est trop gros, tu ne fais pas l'idiot hein ! Je n'ai pas envie qu'on te récupère dans les rochers en sang comme quand tu étais petit ! Tu te rappelles ?

Oui, je me rappelle. C'était la première fois que mon copain Vincent et moi, on essayait le surf. Il revenait de vacances au Cap Ferret avec ses parents où son père lui avait offert une vieille planche trouvée dans une brocante. Un modèle vintage, inadapté à nos petites tailles et jauni par les années passées au fond d'un garage. Ce jour d'août à Saint-Lunaire, mon père nous avait déposés sur la plage de Longchamp mon frère aîné, Vincent et moi, avant de filer au golf retrouver des amis. Nos serviettes à peine posées sur le sable, nous avions couru jusqu'à la mer, chacun portant une extrémité de la planche. Mon frère, fatigué par une longue nuit de fête à La Chaumière, la boîte du coin, où les jeunes se ruent tous les soirs pendant l'été, avait préféré s'écrouler sur la plage et s'offrir quelques heures de sommeil.

Très rares en cette saison, les vagues puissantes et le vent du nord soufflant en rafales sur nos visages semblaient nous pousser hors de l'eau. Nous aurions dû prendre ça pour un avertissement mais l'envie était trop forte. Alors après quelques tentatives au bord, à jouer dans les mousses, nous avions décidé, un peu trop confiants, d'aller nous entraîner plus au large. Allongé sur sa planche, Vincent ramait pendant que je le suivais à la nage mais très vite, nous nous sommes éloignés l'un de l'autre. J'étais pris dans un courant contre lequel je ne pouvais pas lutter. Me sentant dériver, j'avais d'abord essayé de nager vers le rivage mais les grosses vagues qui se formaient derrière moi m'aspiraient. À l'aise dans l'eau, je plongeais pour les éviter, mais plus je plongeais, plus je dérivais et plus je m'épuisais.

Je bataillais déjà depuis vingt minutes dans les rouleaux quand soudain, je sentis des rochers sous mes pieds. J'avais tellement été déporté que je me retrouvais à l'extrémité gauche de la plage, cerné par les rochers et en très mauvaise posture. Je n'avais plus qu'une solution, sortir de l'eau en me hissant sur ces blocs de granite glissants et menaçants au moment d'une accalmie entre deux séries de vagues. Après plusieurs allers-retours sous l'eau pour éviter d'être roulé, un répit finit par arriver. Je me mis aussitôt à nager vers les rochers pour essayer d'y grimper mais les algues et les courants rendaient l'exercice difficile et sans doute trop violent pour un garçon de dix ans. Je perdais beaucoup de temps et lorsque j'arrivai enfin à me hisser sur un rocher, la première vague d'une série me faucha sans ménagement. Balayé comme un vulgaire morceau de bois flotté, j'atterris à nouveau dans l'eau, avec quelques éraflures en plus. La peur commençait à me gagner et le temps devenait long…

Je voyais le bateau des secouristes tourner et récupérer d'autres nageurs en détresse, mais je n'arrivais pas à attirer leur attention. Au lieu de porter mes cris, le vent les étouffait.

Pourtant, au milieu du vacarme des vagues, j'entendis soudain une voix qui semblait s'adresser à moi :

— Hey bonhomme !

Je me suis retourné, c'était un père de famille qui avait grimpé dans les rochers pour venir me chercher. Accroupi et loin d'être rassuré par la situation, il me tendait une main hésitante, mais que je devais saisir sans réfléchir. Avec le peu d'énergie qui me restait, je partis à l'assaut des rochers pour venir à bout une bonne fois pour toutes de ce qui commençait à ressembler à un cauchemar.

Mais presque arrivé à son niveau, je vis l'homme reculer, regarder derrière moi avec la peur dans les yeux, et je l'entendis prononcer ces mots :

— Oh non…

Une immense vague m'arrivait droit dessus, et j'eus simplement le temps de m'agripper de toutes mes forces au rocher que j'avais réussi à atteindre. Une demi-seconde plus tard, j'étais éjecté et emporté sous l'eau où mon corps désarticulé par la puissance de la lame de fond se faisait griffer et cogner de partout. Au milieu de cette machine à laver douloureuse, je me rappelle très bien avoir perdu espoir et m'être dit : « Bon bah c'est plié… » J'avais cessé de me débattre et accepté mon sort.

Mais heureusement pour moi, j'étais le seul à m'être résigné. Le père de famille profita d'une accalmie pour m'attraper par le bras et m'aider à sortir de là.

Une fois hors de l'eau, je courus dans les rochers pour me mettre en sécurité, loin de ces vagues qui avaient bien failli gagner. Immobile, je repris mon souffle et constatai que j'avais des éraflures sur tout le corps. Il me fallut ensuite une bonne minute pour réaliser ce qui venait de se passer et fondre en larmes dans les bras de cet inconnu qui tentait de me rassurer.

Escorté par mon sauveur et Vincent qui avait suivi la scène de loin, j'arrivai au poste de secours où je n'étais visiblement pas le seul à avoir besoin de désinfectant. Après m'être fait ausculter et badigeonner de Mercurochrome de la tête aux pieds, je retournai, un peu secoué, sur la plage auprès de mon frère aîné, toujours endormi. Il aurait fallu que je le réveille pour lui raconter ma grosse frayeur mais sans doute un peu honteux, j'ai préféré retourner jouer dans l'eau avec mon copain et sa planche sans jamais m'éloigner du bord, cette fois.

Mon frère aîné et mon père découvrirent en même temps ce qui m'était arrivé. Mon père, saisi, balaya mon corps du regard. En constatant le nombre de mes ecchymoses et de mes éraflures, il s'emporta, me reprochant mon imprudence, sans même me laisser le temps de lui raconter précisément ce que j'avais vécu. Quant à mon frère, il en prit aussi pour son grade ce jour-là. Chargé de garder un œil sur moi, il avait en effet exécuté sa mission avec cette décontraction que mon père lui reprochait souvent. Sous un flot de réprimandes, nous nous sommes dirigés Vincent et moi vers la voiture, nos serviettes sur les épaules et notre planche sous le bras. Je ne voulais croiser le regard de personne alors je fixai mes pieds dont les blessures s'étaient recouvertes de sable sec.

Malgré l'incident et la peur que j'avais pu ressentir, j'étais triste de quitter la plage et en colère contre mon père qui n'avait pas voulu écouter le récit de cette scène si traumatisante.

Le lendemain au petit déjeuner, tout avait changé. En feuilletant le *Ouest-France* du jour qui relatait l'événement, il découvrit que sur cette plage où il nous avait laissés, il y avait eu un mort, un jeune garçon, qui aurait très bien pu être Vincent ou moi-même.

Il comprit à cet instant à quoi j'avais échappé et s'excusa, les larmes aux yeux.

Il me demanda alors de tout lui raconter.

Mon père me reparle souvent de cet après-midi qui a dû le marquer plus que moi. Certes traumatisante, cette expérience n'a pourtant entamé en rien mon envie de surfer et m'a même appris une chose, encore très utile aujourd'hui : ne pas faire le con avec le courant.

Mais pour lui, ça doit être une autre histoire. Sans doute celle de la culpabilité du père fraîchement divorcé qui se revoit en train de boire du rosé à la terrasse du golf alors que son fils imprudent avait besoin de son aide.

— Tu sais, j'y repense souvent, moi… me dit-il avec le même ton grave employé à chaque fois qu'il évoque cet épisode.

Il ajoute même :

— Ça aurait pu être dramatique…

Essayant d'alléger un peu l'ambiance dans la voiture, je lui réponds :

— Oui mais ça s'est bien terminé Papa ! Et puis je n'ai plus dix ans, donc il n'y a plus de raisons de s'inquiéter !

— Oui... je sais bien...

Faussement râleur, j'ajoute à mon tour en souriant :

— Et je ne me suis pas retenu de consulter les prévisions pour que tu me parles de grosses vagues et de tempête ! Tu vas me porter la poisse avec tes souvenirs !

À regarder le soleil qui réchauffe notre petite voiture et les premiers paysages de Galice que nous découvrons, il n'y a pas de risque. Ici, tout est calme, désert et sur la route qui longe la côte nord, nous roulons pendant des kilomètres sans croiser une seule habitation. Du vert d'un côté, du bleu de l'autre et entre les deux, le chemin qui nous tient. Plus nous avançons sur ce bout de territoire et plus il m'est familier. Je pensais d'abord retrouver les plages de mon vieux magazine de surf ou les photos des nombreux blogs que j'ai visités, mais c'est en réalité la Bretagne qui me saute aux yeux.

Comme si nous avions tout à coup quitté l'Espagne pour nous y retrouver, avant que tout ait commencé. Avant que mes grands-parents paternels et maternels achètent une maison de vacances dans le coin, avant que mes parents se rencontrent un soir d'été au bar Le Pénélope, avant que nous emménagions à Saint-Lunaire en rentrant d'Afrique, avant que mes parents divorcent, avant que mon père choisisse l'alcool et la distance, avant que la ligne de TGV entre Paris et Saint-Malo soit inaugurée, avant que l'immobilier s'envole, avant que les Porsche Cayenne envahissent le golf, avant que je parte avec ma mère et avant qu'il parte avec sa nouvelle femme.

C'est une Bretagne d'autrefois, vierge de notre histoire que nous traversons et en longeant l'océan après avoir contourné la ville de Cedeira, je ne peux m'empêcher de le faire remarquer à mon père :

— C'est dingue, on dirait le Cap Fréhel !

Blagueur, et visiblement moins inspiré que moi par le paysage, mon père me répond :

— C'est quand même dommage d'aller aussi loin pour se retrouver dans les Côtes d'Armor !

Amusé, je décide tout de même de ne pas répondre à ce mauvais esprit quand soudain, au bord de la route, une pancarte indique notre destination en galicien : Praia de Pantin. Nous y sommes presque.

Pendant le reste du trajet, je regarde l'océan se briser sur les rochers et je guette les courants, les lignes de houle, le sens du vent… Tout indice qui peut m'aider à déterminer si, oui ou non, il y aura des vagues. À Saint-Lunaire, mon prof de surf m'avait appris une technique assez simple : s'il y avait de la mousse blanche autour des rochers au large, ça voulait dire qu'il y avait de la houle et donc des vagues. Mais à la différence de l'endroit où j'ai grandi, ici, il n'y a pas de rochers ni d'îlots en face de la côte. C'est donc au pied des falaises que je fixe mon attention à la recherche d'une quelconque agitation.

Et très vite, j'ai ma réponse. Au détour d'un virage, la plage de Pantin apparaît, immense, déserte et entourée par deux avancées rocheuses qui forment un parfait piège à vagues.

Et des vagues, aujourd'hui, il y en a. Les deux surfeurs-*bédaveurs* rencontrés à San Sebastian avaient donc raison. Ce n'est pas gros et sans doute plus petit que ça encore, mais pour moi qui viens de passer la journée dans une voiture, c'est parfait. Pantin est loin d'être un *secret spot* dans la région mais comme la saison n'a pas encore commencé et que nous sommes en semaine, il y a peu de surfeurs dans l'eau pour se partager les jolies petites vagues qui déroulent parfaitement sous mes yeux et bientôt sous ma planche.

Une fois la voiture garée, mon père n'a pas besoin de chercher longtemps un endroit où boire un verre de rosé. Las Olas, bar à tapas posé sur la plage, l'accueille pour profiter du spectacle des surfeurs et du soleil qui commence à peine à décliner.

Quant à moi, ma combinaison est déjà enfilée et je n'ai plus qu'à sortir mon surf de sa housse avant de courir à l'eau. J'ai rendez-vous avec un vieux magazine.

La Galice a un autre point commun avec la Bretagne : une eau très froide que je sens s'infiltrer peu à peu à l'intérieur de ma combinaison. Sensation désagréable mais de courte durée, bientôt j'aurai chaud.

En ramant vers le large pour atteindre les vagues, j'entends un surfeur qui hurle « yiiihaaaa », « wouhouuuu », « yeeeeah » comme un Australien qui surferait des vagues de trois mètres, et qui aurait laissé son cerveau dans son pick-up. Au regard des conditions d'aujourd'hui, qui n'excèdent pas un mètre, je trouve cet enthousiasme un peu excessif mais curieux, je cherche à mettre un visage sur celui qui se croit en plein remake du film *Point Break*.

En dépassant une vague, je le découvre devant moi, debout sur sa planche. Malgré ses effets de voix un peu ridicules, il surfe très bien, je suis obligé de le reconnaître. Il se déplace sur son longboard avec une technique et une légèreté remarquable, comme un danseur. Hypnotisé par son style et par son sourire béat, je le regarde se rapprocher de moi à mesure qu'il longe sa vague. De loin, son visage poupon et ses cheveux blonds me disent quelque chose mais lorsque nos regards se croisent, je le reconnais immédiatement. C'est un des deux jeunes que nous avons rencontrés à San Sebastian, celui-là même qui sous les yeux de mon père avait allumé son joint avec mon briquet. Il me reconnaît, rame dans ma direction et s'adresse à moi avec un mélange de surprise et d'enthousiasme :

— Hey mec ! T'es venu ?

Fier, je lui réponds :

— Bah, je vous ai écouté ! Et je crois que j'ai bien fait !

Après avoir échangé un sourire complice, il se tourne vers le large et appelle son acolyte :

— Ouin-Ouin ! Viens voir ! Y'a le mec qui nous a dépannés du feu à San Sebastian !

Avec la distance et le bruit des vagues, « Ouin-Ouin » n'entend rien. Nous ramons donc vers le large, dans sa direction.

Tous les trois assis sur nos planches, nous profitons d'une accalmie entre deux séries de vagues pour faire rapidement connaissance. Ouin-Ouin s'appelle en réalité Erwan et son ami Jérémy. Ils ont tous les deux vingt-cinq ans et sont venus en van depuis leur région natale, la Bretagne.

Originaires du Finistère Sud, Erwan est saisonnier dans la restauration et Jérémy travaille sur les chantiers avec son père.

Entre deux contrats et avant que la saison ne commence, ils ont décidé de faire ce long voyage et de *rider* toute la côte atlantique, pour s'éloigner un peu des tempêtes bretonnes et surtout, rapporter des images. Jérémy m'explique en effet que lorsqu'il n'est pas en train de poser de l'enduit, il réalise des vidéos de surf de ses copains. Leurs histoires m'intéressent mais les vagues qui arrivent nous rappellent pourquoi nous avons fait tant de kilomètres tous les trois. Alors, nous abrégeons notre discussion et fonçons sur la série.

Au milieu des « wouhouuuuu » de Jérémy, nous prenons chacun une vague.

Ayant jeté mon dévolu sur la dernière, je vois les deux copains remontant vers le large qui se sont installés à la fin de ma vague pour m'encourager de leurs voix et de leurs gestes. Gonflé par leur énergie communicative, je donne absolument tout sur cette petite ligne parfaite et si longue que mes jambes me font mal. Mon père est trop loin pour voir ça, mais comme première vague en Galice sur la plage de Pantin, on ne peut pas rêver mieux.

Après une petite heure de surf, je profite de la sortie des Bretons pour moi aussi aller me sécher afin de ne pas faire trop attendre mon père. Mais en remontant la plage, Erwan me propose d'aller fumer avec eux. Un peu plus tôt dans la journée à Mioño, j'ai terminé le petit bout de shit que j'avais emporté, alors sa proposition m'intéresse. Je décide d'accepter, mon père peut bien patienter encore un peu.

Je me change en vitesse et rejoins mes nouveaux copains de surf près de leur van, en réalité un vieux Renault Trafic équipé sommairement d'un matelas deux places, d'une table à réchaud et de quelques rangements. Jérémy m'explique que c'est le tout premier camion que son père a acheté pour son entreprise et qu'aujourd'hui, il l'utilise pour le surf. « Et pour les meufs ! » précise-t-il.

Pendant qu'il me montre ses films sur son téléphone, Erwan de son côté sort d'un paquet de cigarettes un énorme joint qu'il a roulé avant d'aller surfer. Il l'allume et me le tend.

Sans doute un peu influencé par l'effet immédiat de leur beuh, je suis frappé par la beauté des films de Jérémy. Tout en *slow motion*, il capture avec talent et originalité les paysages de sa région et les exploits sur l'eau de sa bande de copains. Mais au-delà de la qualité des images, ce qui me touche le plus, c'est la liberté qui se dégage de ses films et de la vie qu'ils ont choisie. Dès le départ, à San Sebastian, j'ai jugé ces deux jeunes à leurs fringues, leur façon de parler, leur attitude… Mais aujourd'hui, sur le parking d'une plage de Galice, je les envie d'avoir décidé que la vie serait simple, alors que je n'ai jamais réussi à le faire. Depuis toujours, j'ai bâti des murs de complexité autour de moi et je commence seulement à essayer de les démolir.

En quittant mon dernier job dans la pub, j'ai certainement fait sauter la première brique.

Jérémy choisit d'ailleurs ce moment-là pour me demander ce que je fais dans la vie. Sans vouloir trop m'étendre sur le sujet, je lui réponds simplement :

— Moi, j'habite à Paris et je travaille dans la pub...

Curieux, il veut en savoir un peu plus.

— Ah ouais et tu fais quoi ?

Je me dévoile donc davantage :

— En gros, mon boulot c'est de trouver des idées de pub pour des marques. J'écris les scripts des films, les slogans, tout ça...

— Putain, cool !

— Oui mais tu vois, je viens de démissionner.

— Ça te plaisait plus ?

— Je ne sais pas, je crois que j'ai juste besoin de faire autre chose.

— Quel genre ?

— Genre je ne sais pas, justement...

— Et dans ton boulot, t'étais bon ?

— Assez.

— T'étais bien payé ?

— Oui, ça allait.
— Et t'avais un patron ?
— Un mec super.
— Ah ouais donc t'as quitté un job où tu étais bon, bien payé, et où ton patron te faisait pas chier ?
— C'est à peu près ça.
— Toi, tu dois avoir un putain de plan derrière !
— Non je t'assure, je n'ai rien. J'ai juste envie d'être plus libre, c'est tout. Un peu comme vous, les gars !
— Ahaha ! Mais moi je suis pas libre mon pote ! Moi je me casse le cul à bosser sur des chantiers avec mon père qui me parle comme de la merde et quand je ne bosse pas, je suis trop crevé pour aller surfer ou faire mes vidéos.
Erwan prend à son tour la parole :
— Ouais et moi je passe mes journées à servir des galettes et des beurre-sucre, donc c'est pas la folie non plus !
Et Jérémy de conclure avec assurance et conviction :
— Si y'en a un qui est libre ici, c'est toi mec ! D'ailleurs si dans ta boîte de pub ils cherchent quelqu'un pour te remplacer, moi je suis ok !
Après un silence, je me dis que ce petit con a sans doute raison…
Mais j'ai beau être plus libre, surtout aujourd'hui, le temps a filé sans que je m'en rende

compte et il faut que je rejoigne mon père. Je mets donc fin à cette discussion philosophique autour d'un joint bien trop chargé en saluant mes deux compagnons de voyage. Avant de me serrer la main et sans jamais perdre le nord, Jérémy me demande mon mail pour m'envoyer sa bande démo qu'il espère terminer bientôt. Quant à Erwan, il prend un peu d'herbe dans son pochon et me la donne.

Même si à cet instant et vu mon état, je n'imagine pas refumer, je ne la refuse pas et le remercie comme il se doit. Je leur souhaite de belles vagues pour la suite de leur trip et je me dirige vers Las Olas, le bar à quelques mètres de là, où se trouve mon père.

Arrivé sur la terrasse, je remarque qu'il y a beaucoup plus de monde ici que dans l'eau. L'heure de l'apéritif a sonné les retrouvailles des surfeurs locaux et des habitants de la ville voisine de Cedeira. Au milieu de tous ces visages bronzés, je cherche celui que je connais et finis par le trouver, la tête tombée en avant et le verre de rosé vide posé sur la table. Mon père s'est endormi après avoir terminé la bouteille qui trône encore à côté de son verre. Je m'approche de lui et réalise qu'autour de nous, les gens le regardent et se moquent. Peut-être était-il depuis longtemps dans cette position dégradante, je n'en sais rien. Ce que je sais, c'est qu'à cet instant, je ne veux pas rester une minute de plus sur cette terrasse où j'ai soudain l'envie de crever tous ces yeux braqués sur nous. Je pose ma main sur l'épaule de mon père, il se réveille aussitôt et me parle comme si de rien n'était.

— Ah bien, tu es là ! J'ai essayé de te voir dans l'eau mais tu étais trop loin. C'était bien ?

Sans laisser paraître les sentiments qui bouillonnent en moi, je lui rétorque avec un grand sourire :

— Ouais c'était top ! Dis-moi, tu ne veux pas qu'on aille se trouver un resto et un hôtel dans le coin ? J'ai peur qu'après, ce soit trop tard.

Forcément séduit par cette idée, il me répond :

— Ah oui, bonne idée !

En le voyant se lever avec difficulté, une question m'échappe :

— T'es sûr que tu peux conduire ?

Expéditif, il conclut :

— Tu ne vas pas me la sortir à chaque fois celle-là ! D'autant que ce n'est pas toi qui vas me remplacer *a priori* !

Je ne peux effectivement pas prendre le relais, je n'ai donc pas d'autre réponse qu'un silence un peu embarrassé et le début d'un bilan en sourdine, dans ma tête.

Une bouteille pour l'apéro, après celle du déjeuner, après la soirée d'hier, et toutes les autres... Ma mémoire fait rapidement les comptes et si, comme il l'affirme, ses problèmes de santé n'existent pas, il fait tout ce qu'il faut pour qu'ils deviennent réels. À tombeau ouvert, mon père fonce vers les emmerdes et je n'arrive pas à l'arrêter. Il faut bien le reconnaître, je n'essaye même pas. Je me contente d'intérioriser mes inquiétudes le jour, tout en étant son compagnon de beuverie la nuit.

Désormais, c'est moi la cible de mon intransigeance momentanée, dopée par le joint que je viens de fumer. Il se passe quelque chose sous mes yeux et je suis incapable d'intervenir. Je crois que j'ai passé trop d'années à espérer cette complicité que nous avons aujourd'hui pour risquer de tout gâcher en m'interposant entre mon père et ses pulsions autodestructrices. Si je l'ouvre, je vais le perdre. Je serai immédiatement relégué dans le camp des chieurs, des chieuses, et pour l'instant, je veux rester avec lui.

Après avoir payé, nous arrivons sur le parking de la plage et juste avant de rentrer dans notre voiture, mon père, étonné, me demande :

— Mais ce ne sont pas les deux types qu'on a croisés à San Sebastian là-bas ?

Je me retourne et je vois Erwan et Jérémy assis sur le toit de leur camion, comme pour mieux admirer la vue sur l'océan. Erwan est déjà en train de rouler un autre de ses pétards mortels.

— Ah oui tiens, c'est marrant !

Les deux Bretons nous aperçoivent et nous font un signe de la main. Je leur réponds, mon père également mais avec un enthousiasme plus modéré. Nous grimpons ensuite dans notre pot de yaourt et en allumant le contact, nous entendons à la radio celle qui est maintenant devenue notre chanson, *La Cintura*. Aussi ivre que ravi, mon père monte le son et se met à la chanter pendant que nous quittons le parking. Encore préoccupé, je n'ai, à cet instant, pas très envie de l'accompagner mais devant ses sollicitations, je finis par céder, comme toujours. Nous passons devant Erwan et Jérémy qui nous regardent partir en chanson.

« Estoy bailando, bailando
Y así hasta el amanecer… »

Quelques kilomètres plus loin, nous nous arrêtons dans le port de Cabanas entre les villes de Ferrol et La Corogne. Sur la jetée, de modestes embarcations de pêche vétustes cohabitent avec des bateaux à moteur flambant neufs, signe du virage balnéaire qu'est en train de prendre cette petite ville côtière pleine de charme. C'est d'ailleurs un petit hôtel-restaurant figé dans le temps qui nous tape immédiatement dans l'œil. La Llegada (l'arrivée), trois petits étages, les pieds dans l'eau, est construit à même la roche qui entoure la ville. Installés à l'une des tables en terrasse qui permettent aux clients de dîner en profitant de la vue sur le port, deux hommes, aussi abîmés que les bateaux de pêche qu'ils contemplent, nous accueillent. L'un d'eux se lève en nous voyant approcher et son visage s'illumine soudain d'un large sourire. Dans un anglais très correct, il nous indique qu'à cette saison, l'hôtel est vide et qu'il peut nous loger avec plaisir. Pour cette nuit, nous prendrons deux chambres, mes oreilles bourdonnent encore des ronflements de mon père, la nuit dernière.

Nous accompagnons l'homme à l'intérieur pour récupérer nos clefs et découvrons un établissement aménagé et décoré comme la cabine d'un voilier. Mon regard se perd parmi les cordages, les hublots, les cartes maritimes, le baromètre et le bois verni. Notre hôte finit par se présenter. Il s'appelle Manuel, sa femme, qui sort des cuisines pour nous saluer, Rosa, mais Manuel préfère l'appeler Rosita en raison de sa taille. Et c'est vrai que Rosita est petite même pour cette région de l'Espagne où peu de gens dépassent le mètre soixante-dix. En allant nous installer à une table devant l'hôtel, Manuel nous explique que sa femme va cuisiner pour nous un plat traditionnel galicien : la *caldeirada*, une sorte de soupe de poissons dans l'esprit d'une bouillabaisse. L'eau à la bouche, nous nous asseyons en terrasse et Manuel nous apporte deux grandes bières fraîches avant de retourner auprès de son ami. Mon père, qui fait une pause avec le rosé, savoure sa bière comme s'il n'en avait pas bu depuis une éternité.

— C'est vrai que c'est pas mal une bière…

Et il ajoute, en regardant rapidement autour de nous :

— On est un peu au bout du monde, là, tu te rends compte ?

Décidant de savourer ce moment inattendu, je lui réponds :

— Ça change du bar de la Côte des Basques, c'est sûr.

Puis, songeur, il revient sur une observation que j'ai faite, un peu plus tôt :

— Mais en même temps, je comprends ce que tu voulais dire quand tu parlais de la Bretagne tout à l'heure. C'est vrai que j'ai quelques souvenirs qui ont ressurgi en regardant ce paysage.

— Oui d'ailleurs, ce n'est pas un hasard si tu m'as reparlé de ma petite frayeur dans l'eau à ce moment-là.

Il acquiesce, tout en continuant à réfléchir.

— Sans doute… Mais j'ai repensé à des souvenirs plus joyeux aussi !

— Lesquels ?

Derrière ses lunettes fumées, mon père plisse très légèrement les yeux, comme s'il faisait une mise au point sur sa mémoire.

— Tu te souviens du jour où j'ai su que tu fumais des cigarettes ?

Peu convaincu par le caractère mémorable de ce moment, j'ironise :

— Ah oui… C'est plus joyeux en effet…

— Ok, je t'ai un peu engueulé devant tout le monde au restaurant mais…

— Un peu ?

— T'avais treize ans ! Je n'allais quand même pas te donner une tape dans le dos et te servir un coup de rouge !

Et il reprend le cours de son souvenir :

— Mais ce qui est important, c'est ce qu'on a fait après ! Tu t'en souviens ?

Revoyant déjà les images dans ma tête, je souris.

— Oui, je m'en souviens.

Même si je n'ai rien oublié, je vois bien que cette histoire, mon père a envie de la raconter. Alors je le laisse faire et l'écoute avec plaisir.

— On a fait le tour de la côte en voiture et en regardant le paysage je t'ai dit que si tu voulais vivre en bonne santé et continuer à voir toutes ces belles choses, il fallait que tu arrêtes tout de suite tes conneries. Ensuite, je t'ai fait promettre de ne plus jamais fumer et comme il faisait encore jour, je t'ai emmené jouer dans les vagues. Tu n'avais pas de planche de surf à l'époque, juste celle où tu restes allongé dessus... Je ne me rappelle plus le nom...

— Un *bodyboard* !

Contemplatif, mon père semble revivre ce moment en même temps qu'il me le décrit.

— Il n'y avait plus personne dans l'eau et de jolies petites vagues, tu étais comme un dingue...

Je fais, moi aussi, marcher ma mémoire.

— J'avais l'impression que les vagues étaient énormes ce soir-là.

Après un instant de silence passé à contempler de vieilles images, mon père conclut, fier de lui :

— Tu vois, c'est un souvenir joyeux !

Et en me regardant tirer sur ma cigarette il ajoute, sans perdre son sourire :

— Ça n'a visiblement servi à rien, mais c'est un souvenir joyeux !

Au bon moment, Rosita sort de la cuisine et se dirige vers nous avec le plat de la fameuse *caldeirada*.

Sous un concert de « Oh la la… » et de « muchas gracias » prononcés à la française, la discrète femme de Manuel dépose sur notre table une marmite qui parfume de poisson, de tomate et d'ail tout le port de Cabanas. Derrière elle, Manuel suit avec le vin rouge, une bouteille sans étiquette, « le vin de la région ». Nous faisons confiance à la maison.

Pendant que nous honorons le plat de Rosita d'un silence religieux, je vois que Manuel, sa femme et l'homme qui leur tient compagnie, sont en train de nous regarder dîner. Je leur adresse de loin de sincères compliments sur la *caldeirada*, mais aussi sur leur hôtel et cet emplacement privilégié. D'un signe de tête, ils me remercient tout en gardant ce sourire qui ne les a pas quittés depuis notre arrivée. Nous retournons à nos assiettes mon père et moi, mais très vite nous sentons que le trio continue à braquer ses yeux sur nous, curieux et bienveillant.

C'est vrai que notre allure n'est pas commune pour cette région essentiellement visitée par des *backpackers*, des surfeurs et des camping-cars. Mon père, avec son petit cachemire rose, son pantalon chino bleu et moi avec un autre de ses pulls, pioché dans son sac de golf, rentrons difficilement dans une de ces trois catégories. Pourtant, ils ont vu notre petite bagnole se garer devant leur hôtel et certainement ma planche de surf à l'intérieur. Mais tous ces éléments ne font que brouiller les pistes, alors Manuel finit par s'adresser à nous dans son anglais à l'accent espagnol et pose cette question à laquelle il s'efforce de répondre depuis que nous nous sommes assis à l'une de ses tables.

— *Where do you come from ?*

Mon père explique que nous venons du sud-ouest de la France et qu'il m'accompagne surfer dans la région. Manuel aime le surf, il me cite d'ailleurs spontanément le nom des spots connus dans le coin et même au Portugal. Il ajoute avoir constaté le développement considérable de ce sport dans sa Galice natale. Selon lui, il y a trente ans, il n'y avait pas de surfeurs ici, seulement des marins, comme lui. Avec l'envie de nous en dire plus, et voyant que nous avons nettoyé la marmite de *caldeirada* et notre vin rouge, Manuel nous invite à sa table pendant que Rosita s'empresse d'apporter deux nouvelles bouteilles. La soirée se prolonge.

Aujourd'hui à la retraite, Manuel a travaillé toute sa vie en mer. Mais comme il nous l'explique avec une certaine gravité, ici, pendant la dictature de Franco, il fallait faire un peu de tout pour survivre. Et un peu de tout, pour ceux qui vivaient sur la côte, ça voulait dire la pêche, la marine marchande et, bien sûr, la contrebande. En l'absence totale de soutien de Madrid pendant toute la durée du régime franquiste, les Galiciens faisaient venir de l'étranger tout ce qu'ils pouvaient : denrées alimentaires, médicaments, pièces automobiles, savons... Et ceux qui géraient ces trafics se sont peu à peu imposés comme des leaders de la communauté, les héros locaux. Selon Manuel, son père était l'un d'entre eux et lui-même a suivi cette voie.

Debout derrière lui, les mains posées tendrement sur ses épaules, Rosita nous regarde écouter son mari parler avec fierté de l'indépendance des Galiciens, mais aussi de sa vie passée à traverser l'Atlantique. Passionné par tout ce qu'il nous raconte, j'ai du mal à contenir mon enthousiasme et mes questions indiscrètes. Au détour d'une de ses anecdotes de marin débrouillard, et rassuré par l'ambiance assez chaleureuse qui règne autour de cette table, je lui demande si à l'époque, il ne trafiquait vraiment que des pièces détachées et des produits de première nécessité. En entendant ma question et le sous-entendu qui va avec, Manuel se lève, me regarde droit dans les yeux pendant un long moment et quitte la table.

Très embarrassé par ma maladresse, je ne sais ni quoi faire, ni quoi penser et mon père se contente de me regarder comme si j'avais commis l'irréparable. Au moment où je vais m'excuser auprès de Rosita qui, gênée, se tient près de la table, je vois Manuel, le visage fermé, arriver vers nous, les mains dans le dos. La peur s'ajoute à l'embarras.

À nouveau debout devant mon père et moi, il me regarde quelques secondes, avant de laisser échapper un sourire et de nous montrer la boîte qu'il cache dans son dos : des cigares cubains. Fier de sa petite mise en scène, Manuel rigole tout en nous proposant un de ses barreaux de chaise. Ne voulant plus jamais prendre le risque de le contrarier, j'accepte, tout comme son ami qui l'accompagne, muet depuis que nous sommes arrivés. Mon père, ancien gros fumeur de cigares, a d'abord le réflexe de refuser mais devant mon insistance, il cède et en allume un, comme il ne l'a pas fait depuis plus de vingt ans. Précis, le geste est toujours là.

Manuel et sa femme semblent apprécier notre compagnie. Je remarque d'ailleurs avec amusement que dans ses regards, Rosita porte un intérêt tout particulier à mon père. Plus jeune que Manuel, les cheveux noirs comme ses yeux, elle donne à tort l'image d'une femme fragile et effacée, mais plus la soirée avance et plus elle parle, plus elle commente et plus elle existe. Son mari, détendu et visiblement en confiance, commence le récit d'histoires plus confidentielles. Pour cela, il remonte aux années cinquante, à l'époque où son père gérait, avec d'autres, un petit circuit de contrebande de cigarettes, de cigares et d'alcool.

— *This is where I started…* dit-il, avec le charisme de celui qui aime raconter ses aventures.

Jusqu'à la fin des années soixante-dix, Manuel va en effet apprendre le métier avec son père, ses oncles, ses cousins, et développer des réseaux solides avec les États-Unis et l'Amérique du Sud. C'est plus tard, lors d'un voyage en Colombie au tout début des années quatre-vingt, qu'il va rencontrer, nous confie-t-il, celles qui vont changer sa vie : Rosita… et la cocaïne. Manuel nous explique qu'à cette époque, les cartels colombiens étaient à la recherche de routes sécurisées pour alimenter le marché européen, et tout le monde connaissait le professionnalisme des contrebandiers galiciens. C'est donc au cours de la visite d'une plantation de coca, dans la montagne amazonienne, qu'il a rencontré Rosita, dont le père était un grand producteur. Séduit, Manuel a pris et la fille et la marchandise.

Pendant une décennie, les contrebandiers du nord-ouest de l'Espagne, dont il faisait partie, vont s'engouffrer dans ce trafic et gagner énormément d'argent sans jamais être inquiétés par un gouvernement inexistant. Manuel tient à préciser qu'ici, les trafiquants ont toujours continué à vivre simplement, malgré les fortunes amassées. Mais hélas pour lui, tout s'est arrêté brusquement dans les années quatre-vingt-dix à la suite de plusieurs opérations de police ici et en Colombie, visant à faire tomber les cartels mais aussi, selon Manuel, ceux qui n'ont pas été assez discrets.

Planqué dans une ferme familiale, il a réussi à échapper aux vagues d'arrestations et aux longues années de prison dont ont écopé ses associés. Avec l'argent qui lui restait, il a acheté un bateau, un hôtel avant, dit-il, de tourner la page définitivement. Un retour dans le droit chemin qui ne l'empêche pas de conclure son histoire avec humour et un brin de nostalgie :

— *Back in the eighties, this city was called « Coca Cabanas ».*

En riant généreusement, Manuel se lève à nouveau de table pour aller chercher du vin.

Stupéfait par tout ce que je viens d'entendre, je me retourne vers mon père :

— Ah d'accord… On dort chez un ancien narco en fait…

Il me propose une autre hypothèse :

— Moi je pense qu'il est complètement mythomane. Si c'était vraiment un ancien trafiquant, il ne raconterait pas ça aux premiers touristes venus. C'est du folklore, c'est tout !

Après un silence de réflexion, et l'envie de l'amener sur un autre sujet, je réponds :

— En tout cas, s'il y a une chose sûre à cent pour cent, c'est que la p'tite Rosita, elle veut ton corps.

Il fait semblant de ne pas avoir compris :

— Quoi ?

Je précise :

— Ça fait deux heures qu'elle n'arrête pas de te regarder ! Ne me dis pas que tu n'as rien remarqué !

Rarement conscient de l'effet qu'il peut faire aux autres et gêné par mes propos, il me répond :

— Mais ça ne va pas, non ! N'importe quoi...

Mon père quitte un instant la table, me laissant seul avec Rosita et l'ami muet, un peu inquiétant, de Manuel.

— *You have a girlfriend?*

Rosita s'est assise en face de moi, à la place de son mari. Après les histoires de trafics en tous genres de Manuel, elle a envie de parler d'amour. De mes amours.

Et de ce côté-là, depuis que Laura est rentrée à Amsterdam, il ne se passe pas grand-chose...

Laura a été ma petite amie pendant cinq ans, avant qu'elle ne décide de rejoindre sa famille en

Hollande. Déprimée, en reconversion professionnelle, elle flottait déjà depuis plus d'un an, depuis que l'agence de pub qu'elle voulait quitter a fini par la licencier.

Elle passait ses journées seule dans notre appartement à chercher sa voie et à tourner en rond. Le soir, j'utilisais le peu d'énergie qui me restait après le boulot pour l'aider à se trouver et à voir notre futur avec optimisme, mais je sentais que ça ne fonctionnait pas. Très vite, c'est entre nous que ça ne marcha plus. Un dimanche soir, je suis rentré d'un week-end chez des amis où elle avait refusé de m'accompagner et je l'ai trouvée en larmes, assise sur notre canapé. Il a fallu que j'attende qu'elle calme ses sanglots pour comprendre qu'elle voulait partir, rentrer, tout arrêter.

Trente minutes plus tard, j'étais dans la rue avec quelques affaires et sans appartement. Du jour au lendemain, la jeune femme avec qui je voyais mon avenir a disparu de ma vie pour continuer la sienne loin de Paris, loin de nos fantômes de la rue Championnet et du dix-huitième.

Quant à moi, après une année d'errance et de sous-locations en tout genre, c'est étrangement dans ce quartier que je suis revenu m'installer, moins par masochisme que par l'envie d'écrire une autre histoire dans ces rues qui étaient devenues les miennes. Aujourd'hui, les fantômes sont encore là mais ils sont devenus, au fil du temps, des voisins que je croise sur le quai du métro ou à la terrasse d'un café et avec qui j'échange des sourires bienveillants.

Touchée par mon histoire comme sans doute par beaucoup d'autres avant la mienne, Rosita m'a pris la main. Moins à l'aise que son mari avec l'anglais, elle essaye de trouver des mots simples pour partager avec moi sa vision de l'amour et reprend malgré elle des paroles de chansons bien connues : *Love is all around* de Wet Wet Wet, *Everybody hurts* de R.E.M., *Time after time* de Cyndi Lauper, et *I still believe* de Mariah Carey…

Pendant que je joue au *blind test* avec les mots réconfortants de Rosita, j'aperçois mon père et Manuel revenant vers nous le torse bombé, le cigare à la main. Comme deux coqs, ils échangent des anecdotes sur leurs vies trépidantes d'autrefois et c'est visiblement au tour de mon père, que j'entends parler d'Afrique.

L'Afrique, c'était son âge d'or, l'apogée de « l'Élégant ».

Très à l'aise dans ce qu'on appelait autrefois la « Françafrique », mon père a commencé sa carrière en Côte d'Ivoire où il vivait avec sa première femme. De cette période à Abidjan, je ne sais quasiment rien. Tout juste ai-je pu voir quelques vieilles photos. Sa période africaine que je connais le mieux, pour avoir eu le privilège de la vivre avec lui, c'est celle de Brazzaville, au Congo, de la fin des années quatre-vingt au milieu des années quatre-vingt-dix. Et comme dans l'histoire de Manuel, tout allait bien avant que tout aille mal.

Nous vivions sur les hauteurs de Brazzaville, mes parents, mes frère et sœur, et moi qui avais à peine deux ans quand nous sommes arrivés. Mon père travaillait dans la culture et l'extraction de l'huile de palme, à l'époque la deuxième ressource du pays derrière le pétrole. Un business très rentable mais dont les enjeux économiques considérables imposaient des relations privilégiées avec l'État et d'autres forces en présence moins officielles comme les Américains, les Belges, les Hollandais, les Chinois et même les Corses. Véritable eldorado pour expatriés, Brazzaville était restée malgré son indépendance en 1960 une capitale au service de ses occupants étrangers. D'hôtels d'affaires en ambassades, d'ambassades en villas et de villas en terrains de golf, mon père et ses amis signaient des contrats et menaient grand train à l'abri des portails bien gardés. Il n'était pas le seul à avoir la belle vie. Toute la famille profitait largement de ces privilèges et moi le premier. Petite tête blonde, toujours dans les jambes de ma mère et des boys qui travaillaient chez nous, j'aimais aussi me balader sur le terrain de golf qui jouxtait la maison. Comme un petit héritier, souvent déguisé en cow-boy, en Indien ou en ninja, je paradais sur mon domaine, sans jamais lâcher la main de ceux qui m'appelaient, en dépit de mon jeune âge, « patron ».

Après quelques années fastes, le climat s'est tendu entre mes parents mais également entre une population affamée et une élite gavée de corruption. La guerre civile a éclaté et chaque soir, le bruit des mitraillettes remplaçait les cris des chauves-souris qui volaient au-dessus de la maison pour rejoindre l'île du Diable au milieu des rapides du fleuve Congo. Désormais, nous incarnions, malgré nous, l'injustice dénoncée par les Congolais et nous n'étions plus en sécurité dans une villa protégée par des gardes de plus en plus acquis à la cause insurrectionnelle. Alors un 14 février, le lendemain de mes sept ans, nous avons quitté le Congo et mon père. Son départ précipité n'était professionnellement pas envisageable. Installé à l'ambassade de France au plus fort des affrontements, il finit par nous retrouver en Bretagne quelques mois plus tard, après la chute de l'ancien président et la mainmise du nouveau pouvoir en place sur toutes les ressources stratégiques du pays, à commencer par le pétrole et l'huile de palme.

Comme Manuel, mes parents ont acheté une entreprise et une maison avec l'argent qui restait, mais mon père ne s'est jamais vraiment remis de l'échec Brazzaville. Il vivait en France comme un expatrié et ne pouvait se résoudre à adopter un autre train de vie. Petit à petit, la dépression s'est installée et l'alcoolisme mondain des cercles d'affaires et de pouvoir s'est transformé en alcoolisme tout court. Ce n'est que bien des années après le divorce de mes parents, une fois à la retraite et installé dans le Sud-Ouest, que mon père a de nouveau montré quelques signes furtifs d'un bonheur retrouvé.

Saoulés par toutes nos histoires et par les litres de vin descendus, nous laissons le silence s'installer à la table, que seuls le grincement du bois des bateaux et le claquement des haubans perturbent de temps à autre. Tous les cinq, nous n'avons plus d'autre occupation que de regarder la mer et les rares lumières de la petite ville de Cabanas. En voulant faire une observation à mon père sur le paysage, je remarque qu'il s'est endormi la tête penchée en avant, comme il l'avait fait plus tôt dans la journée, à la terrasse du bar Las Olas.

Même si selon lui, tout va bien, force est de constater que « l'Élégant » a définitivement pris un sérieux coup de vieux.

Mon père se réveille tout à coup et lorsque nos regards se croisent, il me dit :

— Je vais aller me coucher, je suis crevé…

Il ajoute, une fois debout :

— D'ailleurs, tu devrais en faire autant si tu veux être en forme demain.

Pour le rassurer, je lui réponds que je ne vais pas tarder.

Il salue tout le monde et quitte la table alors que Manuel nous sert les premiers « derniers verres ». Maintenant que je suis seul avec nos hôtes, j'en profite pour sortir l'herbe que m'a donnée Erwan et leur propose naturellement de la fumer avec moi.

Manuel sourit et me transperce de ses yeux bleus. Sans me répondre, il se tourne vers son ami et d'un simple mouvement de tête, lui demande d'aller chercher quelque chose. L'homme, qui n'avait pas bougé de sa chaise depuis notre arrivée, s'exécute et se rend dans un petit cagibi à côté de l'hôtel. En attendant le retour de son ami, Manuel continue de me fixer, adossé à sa chaise, les bras croisés avec le rictus de celui qui prépare un mauvais coup. Rosita s'est éclipsée, il n'y a plus que lui et moi dans la nuit bleue de Cabanas avec comme dernière lumière, la lanterne au-dessus de la porte d'entrée de l'hôtel qui projette nos ombres difformes sur un vieux bitume accidenté. Derrière Manuel, je vois l'homme revenir vers nous avec un vulgaire sac plastique rempli de quelque chose que je crois connaître. Il reprend sa place, tend le sac à Manuel qui, après en avoir examiné le contenu, le jette dans ma direction.

Il doit bien y avoir deux cents grammes de cannabis dans ce sac. Des têtes de toutes les tailles, qui dégagent une odeur à réveiller un flic. Sans quitter son air roublard, Manuel ajoute une précision :

— *It's a gift for you. Very good product.*

En essayant de bien choisir mes mots pour ne pas le vexer, je le remercie et lui explique que c'est beaucoup trop, que je ne peux pas rentrer en France avec autant de cannabis, surtout avec mon père dans la voiture et la douane au péage de Biarritz.

Combien d'émissions de télé, de « 90 Minutes Enquêtes », d'« Enquête exclusive », ou d'« Appels d'urgence » ai-je vues, dans lesquelles des petits mecs dans mon genre se faisaient attraper à la frontière en revenant d'Espagne, la beuh maladroitement dissimulée dans l'habitacle de leur voiture… Une chose est sûre, ce ne sera pas moi le prochain. Mais devant son insistance et pour ne pas gâcher cette nouvelle amitié avec un ancien narco, visiblement toujours en activité, je fais semblant d'accepter. Demain, au premier arrêt dans une station-service, le cadeau de Manuel finira dans une poubelle.

D'ici là, il ne me reste plus qu'à terminer cette soirée en restant le client bon vivant que je suis depuis le début. *The show must go on.*

Après avoir mis un peu d'herbe de côté pour la fumer avec eux, je me lève un instant de la table avec l'idée de planquer le sac dans la housse de mon surf, resté dans la voiture.

Avant le dîner et avant que je sache chez qui nous allions mettre les pieds, je me souviens avoir vu mon père suspendre sa veste, juste à côté du comptoir, en bas de l'escalier. Les clefs doivent être dans une des poches.

Ivre, j'entre à l'intérieur de l'hôtel comme on entre dans la cabine d'un bateau qui tangue. Et au milieu de cette décoration qui me donnerait presque le mal de mer, j'aperçois la veste que je suis venu fouiller. Je récupère les clefs en vitesse mais un bruit à l'étage attire mon attention. En montant quelques marches de l'escalier, le bruit se fait plus précis, c'est la voix de Rosita ou plutôt, les gémissements de Rosita. Malgré le fonctionnement ralenti de mon cerveau, je comprends qu'elle est avec mon père et qu'il n'a pas l'air si fatigué, bien au contraire…

Sidéré par ce que j'entends, des images courent dans ma tête.

Pas celles qui racontent ce qui se passe au premier étage, mais celles qui disent ce qui va se passer si Manuel, pour une raison ou pour une autre, décide de rentrer dans l'hôtel. Je me vois déjà sur son bateau en pleine nuit, le corps enveloppé dans une bâche, lesté par deux blocs de béton à cause de la connerie de mon père.

Si tout à l'heure je me sentais tanguer, je traverse maintenant une belle tempête. J'ai la trouille, les mains moites, mais il faut pourtant que je me calme et que je retourne sur la terrasse comme si de rien n'était. Alors j'attrape une bouteille de digestif derrière le comptoir, en prends une grosse gorgée et l'emporte avec moi.

Dehors, mon retour est accueilli chaleureusement et pendant que je file cacher l'herbe dans la voiture, Manuel nous sert des verres de ce digestif qui me brûle déjà la gorge. De nouveau à ma place, j'essaye de préparer un joint tout en composant avec les tremblements qui traversent tous mes membres. Pour maintenir l'attention de notre hôte, je lui pose des questions sur l'alcool que nous dégustons, mais à part le nom de la boisson, l'orujo, je n'écoute rien. Je suis trop occupé à rouler son herbe et à l'imaginer nous découper en morceaux dans la cuisine de l'hôtel. Si mon père ne termine pas vite fait sa petite affaire, La Llegada pourrait bien être notre dernière destination.

Le joint passe de main en main beaucoup plus vite que les minutes ne s'écoulent et malgré son effet dévastateur, je reste affable et pour l'instant, vivant. La peur a siphonné tout l'alcool que j'avais dans le corps mais à mesure que nous fumons, je comprends que je suis en train de perdre mes deux acolytes qui piquent du nez. Assommé par sa propre marchandise, Manuel bâille et montre tous les signes d'une fatigue carabinée, celle dont on ne se relève que pour aller s'écrouler en laissant tout derrière soi. La situation est en train de m'échapper et je me maudis d'avoir eu l'idée à la con de sortir l'herbe d'Erwan. Sans elle, je ne me serais jamais retrouvé avec deux cents grammes de cannabis en train d'embaumer la voiture de mon père et j'aurais sans doute pu empêcher Rosita de monter. Mais il a fallu que moi aussi, je fasse le coq et que je trouve un moyen de raconter quelque chose sur ma personne. Bien mal m'en a pris. En rassemblant ses dernières forces, Manuel se lève et m'indique qu'il va se coucher, les yeux déjà prêts à clôturer cette soirée.

Si je le laisse partir, je le sais, on est morts. Il ne trouvera pas sa femme dans sa chambre, il va donc la chercher et il va la découvrir... C'est simple comme une balle dans la nuque.

Alors pour le retenir, je tente quelque chose, et lui demande avec insistance de me faire visiter son bateau. L'homme est épuisé, il se contente de me répondre :

— *Tomorrow, tomorrow...*

Le voyant maintenant à deux pas de l'intérieur de l'hôtel, je l'arrête une nouvelle fois.

Debout, les bras grands ouverts, je l'invite à une accolade pour le remercier et il me rejoint, certainement touché par le geste. Pendant qu'il me serre, je le tiens fort comme si j'essayais de figer la scène encore quelques précieuses secondes.

Soudain, derrière Manuel, je vois Rosita descendre l'escalier sur la pointe des pieds, pour ne pas faire grincer les marches et rentrer sagement dans leur chambre du rez-de-chaussée. Devant ce *timing* miraculeux, je ne peux qu'être soulagé. Je desserre mon étreinte et laisse notre hôte aller dormir en paix. Désormais le seul éveillé sur la terrasse de l'hôtel – l'ami de Manuel s'étant endormi sur sa chaise – je prends un instant pour souffler et repenser à ce que nous avons évité de justesse, mon père et moi. Lui doit déjà ronfler tranquillement à l'heure qu'il est mais demain matin, à la première heure, c'est moi qui vais jouer le réveil et à la place d'une musique douce, on va se parler un peu de cette fin de soirée.

Même si le nuage d'emmerdes s'est éloigné, loin de moi l'envie de m'attarder ici et de prendre le petit déjeuner en face de Manuel et Rosita demain. Je monte donc me coucher avec une appréhension tenace, un nuage peut toujours revenir.

— Papa lève-toi, faut qu'on bouge, là !

Six heures du matin, je n'ai quasiment pas dormi. J'ai passé la nuit à cuver, à guetter le moindre bruit dans l'hôtel et les premières lueurs du jour. Brusquement, je tire mon père de son lit sans qu'il comprenne tout à fait la nature de cette urgence.

— Mais qu'est-ce qui se passe ? Il est quelle heure ?

— Ne t'occupe pas de l'heure, faut juste qu'on parte d'ici.

Pendant qu'il enfile ses vêtements de la veille, il continue de me questionner.

— Attends, tu ne veux pas m'expliquer ? Je ne comprends strictement rien !

Toujours sur le même mode, je lui laisse entrevoir mon énervement :

— Je crois que c'est plutôt toi qui vas m'expliquer, mais quand on sera dans la voiture.

Nous descendons discrètement les escaliers, déposons nos clefs sur le comptoir et partons sans nous retourner. À cet instant, je me félicite d'avoir payé les chambres hier soir en arrivant.

Cabanas dort encore et avant que les premiers volets ne s'ouvrent, nous quittons le port pour retrouver la route qui nous attend. La Llegada et leurs propriétaires sont maintenant à bonne distance, mon père reprend donc le fil de ses incompréhensions.

— C'est bon, là ? Tu vas peut-être pouvoir me dire ce qui se passe, maintenant ?

Évitant de l'attaquer frontalement, je le questionne :

— T'as bien dormi cette nuit ? T'as pas eu du mal à trouver le sommeil ?

— Non pas du tout, je me suis écroulé tout de suite.

— Tout de suite ? Y'a pas quelque chose que t'as fait juste avant ? Comme te taper Rosita par exemple ?

— Quoi ?

— Papa, ne te fous pas de moi, je vous ai entendus en allant chercher les… Un truc dans l'hôtel. Tu sais ce qui aurait pu se passer si Manuel avait été à ma place ?

— Mais tu délires complètement ! Enfin ! Je ne me suis tapé personne !

— D'accord, donc elle poussait des cris de plaisir toute seule dans ta chambre pendant que tu dormais, c'est ça ? J'en reviens pas que t'aies pu être aussi irresponsable.

— Attends, déjà je suis encore ton père, donc tu me parles sur un autre ton, et ensuite, si je te dis que je n'ai pas couché avec Rosita, c'est que je n'ai pas couché avec Rosita, c'est clair ?

Oh oui, c'est clair. Limpide comme un mensonge que je ne suis pas près d'avaler, mais face à ce mur d'autorité, je préfère ne pas répondre. La seule vérité qui est sortie de sa bouche, c'est qu'il est effectivement mon père et c'est sans doute pour cette raison que je me tais sans rien ajouter d'autre que ma déception. Plus que l'acte en lui-même, je crois que c'est surtout le fait qu'il refuse de m'en parler qui me déçoit. J'ai cru que ce voyage nous avait changés et qu'après toutes les discussions que nous avons eues, il n'y avait plus de posture entre nous. Je me suis trompé.

Après de longues minutes à rouler en silence, mon père reprend la parole sur un ton qui traduit un énervement dilué, mais encore présent.

— Je vais m'arrêter faire le plein et prendre un café.

— Ok.

Pendant qu'il remplit le réservoir, je reste assis dans la voiture, les bras croisés à fixer la cafétéria miteuse installée à côté de la station-service. Il n'y a pas que lui qui est à cran, et même la part de *tortilla* géante installée sur le toit de cette vieille baraque en tôle n'arrive pas à me redonner le sourire. Au-delà d'être énervé, je suis fatigué. Fatigué de ne pas fermer l'œil, fatigué de cette route qui n'en finit pas et fatigué de cette gueule de bois permanente. Cela fait seulement deux jours que nous roulons mais j'ai l'impression de courir depuis une vie, après mon père et quelques moments fugaces de complicité. Ces moments, on en a partagé en chemin mais à quel prix ? Parce que si je n'ai pas oublié de compter tous ses verres, j'ai oublié les miens, et ils sont nombreux.

Est-ce donc ça notre complicité ? Picoler ensemble ? Et si je ne lui parle pas de sa santé, n'est-ce pas uniquement pour ne pas perdre mon pote de comptoir ? Je savais bien que ces derniers jours, j'étais devenu le sien mais je n'avais pas compris qu'entre-temps, il était aussi devenu le mien. Ce constat implacable, et peut-être un peu sévère, vient doucher tout espoir de changement d'humeur aujourd'hui. Cette journée est mal partie.

Pour ne rien arranger, mon téléphone se met soudain à vibrer dans ma poche et en le sortant, je découvre que c'est encore ce même numéro qui m'appelle. Cette fois-ci, je réponds avec la ferme intention de me défouler sur la personne à l'autre bout du fil. Sans même attendre un mot de mon interlocuteur, je me lance.

— Écoutez, ça fait vingt fois que vous m'appelez alors je vais vous dire les choses clairement : qui que vous soyez, et quel que soit le produit que vous vendez, je ne suis pas intéressé et je vais même vous dire mieux, j'en ai rien à foutre ! Je n'en ai rien à foutre ! Et si jamais vous refilez mon numéro à l'un de vos collègues, je débarque dans votre centrale d'appel en Côte d'Ivoire et je vous fais bouffer votre micro-oreillette, c'est clair ?

— Antoine ? C'est... C'est Nathalie à l'appareil.

La femme de mon père, voilà une hypothèse que je n'avais pas du tout envisagée.

— Ah Nathalie ! Désolé ! Je pensais que c'était un démarcheur...

— Oui, j'ai cru comprendre ! Je t'appelle parce que ton père a éteint son portable depuis deux jours et je commence à me faire du souci...

— Tout va bien ! On part de Galice et on se dirige vers Nazaré. On sera de retour à Biarritz demain soir je pense.

— Vous êtes où ?

— En Espagne ! On continue la route jusqu'au Portugal et on rentre !

— Mais ton père ne m'a pas du tout parlé de ce voyage !

— Je t'avoue que ça s'est un peu décidé à la dernière minute... Mais ne t'inquiète pas, il est en forme, je le surveille et demain on sera à Biarritz.

— Ah d'accord… C'est pour ça qu'il a éteint son portable… Écoute, je n'ai pas envie de gâcher ces bons moments entre vous mais ton père a des problèmes de santé et ce n'est pas raisonnable qu'il fasse autant de route. Il faut qu'il se repose.

— Je ne comprends pas, il m'a dit qu'il avait fait des examens et que tout allait bien.

— Il en a fait, oui, son foie et ses poumons sont étonnamment en bon état. Mais depuis quelque temps, il a des pertes de mémoire importantes et il refuse de faire un scanner. Il a aussi tout le temps mal au dos mais les antidouleur ne font aucun effet et ça, ça m'inquiète…

— Ah oui, donc tout ne va pas bien du tout en réalité, il s'est bien foutu de moi.

— Il ne faut pas que tu lui en veuilles. S'il ne t'a rien dit, c'est sûrement pour éviter que tu te fasses du souci et que vous puissiez passer des vacances sympas tous les deux. Et puis, tu connais ton père, sa santé, c'est la dernière chose dont il a envie de parler.

— D'accord, mais c'est quand même super égoïste comme attitude. Il n'est pas tout seul, merde !

— Tu sais, je me bats tous les jours pour qu'il prenne soin de lui et qu'il retourne à l'hôpital mais rien n'y fait. Il continue de picoler et de me dire que je l'emmerde…

— C'est quoi la solution alors ?

— La solution c'est pour l'instant qu'il se repose et que vous lui parliez toi, ton frère et ta sœur. Je ne vais pas le lâcher non plus mais ça aura plus de poids si ça vient de vous.

— Ok.

— Et d'ici là, pas trop d'excès, hein!

— Non, ne t'inquiète pas, on... On fait gaffe.

— Bon, il faut que je te laisse mais essaye de me tenir au courant et surtout, dis-lui de rallumer son portable.

— Ok Nathalie. Je te rappelle très vite.

Ce coup de fil a eu raison de mon humeur, mais pas comme je l'avais prévu. Un peu abasourdi, je regarde mon père terminer son espresso devant la cafétéria tout en réfléchissant à ce que je vais bien pouvoir lui dire et surtout à la façon dont je vais m'y prendre. Ce coup-ci, il n'y a plus d'échappatoire, plus de pote de comptoir.

Au fond, je le savais. Depuis son absence en partant de San Sebastian, j'ai compris que quelque chose n'allait pas, et que derrière sa descente d'alcool vertigineuse se cachaient des symptômes plus graves. Mais c'était tellement plus facile de le croire quand il me disait de ne pas m'inquiéter, et tellement plus confortable de me laisser aller à profiter de ces instants ensemble. Seulement, la conversation franche que je viens d'avoir avec Nathalie m'a vite fait déchanter. Face à mon père qui marche dans ma direction, je me sens nu et frigorifié. En rentrant dans la voiture, il s'adresse à moi, visiblement plus détendu :

— Ça va ? Je t'ai entendu gueuler au téléphone pendant que je faisais le plein.

— Oui… C'était un démarcheur. Ça fait vingt fois qu'il m'appelle, c'est pour ça.

Je ne suis pas encore prêt pour la confrontation avec mon père et le monde réel, alors je change de sujet, réservant cette discussion pénible pour un autre moment.

— Bon, direction Nazaré ? La dernière étape ?

Avec le sourire, il me répond simplement :

— C'est parti !

En croisant son regard chargé de tendresse, ma gorge se serre.

Avant de me laisser aller, j'allume la radio à la recherche de notre chanson ou de toute autre mélodie pouvant m'apporter un peu de bonne humeur. Sur les ondes espagnoles, ça ne devrait pas être bien compliqué, enfin je l'espère…

Caché derrière la planche de surf qui nous sépare, j'ai pourtant fait une erreur. J'ai laissé des pensées sombres m'envahir. Très vite, je me retrouve pris au piège, ligoté sur mon siège par une peur grimpante. Et si ce premier voyage était le dernier ? Et si tous ces rendez-vous père-fils, toutes ces grandes bouffes arrivaient à leur date limite de consommation. En envisageant la fin, je suis obligé de repenser au début, à ce petit garçon qui idolâtrait son père et qui le suivait partout, dès qu'il le pouvait. Sur les terrains de golf à sept heures du matin, au club-house où ma taille ne dépassait pas celle d'un tabouret de bar, en mer sur notre petit bateau à voile, et évidemment à la maison à l'heure de l'apéritif, quand je le regardais boire son Jameson d'une main tout en tripotant son paquet de Gitanes bleues de l'autre. Les bons moments sont les premiers à resurgir mais très vite, ils sont rattrapés par les mauvais, par son absence à un moment de ma vie où j'avais tant besoin de lui.

J'avais dix-huit ans, peut-être dix-neuf lorsque après un dîner chez lui, je repartis précipitamment sur mon scooter, en essayant en vain de contenir les larmes qui inondaient mes yeux. Ce soir d'été, sur la route de la côte qui séparait sa maison de celle où je vivais avec ma mère, je m'étais juré que c'était terminé, que plus jamais il ne me traiterait avec cette désinvolture que je supportais depuis trop longtemps. Sur le carrelage de sa cuisine, notre histoire s'était brisée et les morceaux éparpillés étaient trop nombreux pour imaginer qu'un jour, elle puisse être réparée.

Pour comprendre comment nous en étions arrivés là, lui et moi, il faut remonter quelques années en arrière, au moment où avec ma mère, nous avions regagné les Yvelines et la petite ville du Chesnay près de Versailles, notre berceau familial. J'avais quatorze ans. Jusque-là et depuis le divorce de mes parents cinq ans plus tôt, les rapports avec mon père avaient été préservés par une proximité géographique et sans doute aussi par une période relativement aisée où mon père vivait comme un prince de la côte. Avec l'argent qui lui restait et surtout avec celui de l'entreprise de maroquinerie bientôt à bout de souffle que mes parents avaient rachetée et développée après notre retour d'Afrique, « l'Élégant » s'en sortait encore. En guise de cadeau d'adieu, ma mère, qui s'était battue jour après jour pour faire de cette boîte une réussite, avait décidé de la lui laisser. Mon père continua donc son existence de pacha pendant encore de belles années avant que le mur ne se rapproche, inévitablement. Même si aujourd'hui, cette époque a quelque chose de tragique, l'enfant que j'étais vivait de beaux moments en compagnie de celui qu'il allait bientôt découvrir autrement, avec la sévérité de l'adolescence et du réel.

Et c'est la distance entre nous qui a brusquement levé le voile.

Plus aucune nouvelle. J'étais perdu dans un autre environnement, loin de la mer, loin de tout ce que je connaissais. Mon père, sans vraiment l'avoir décidé, existait de moins en moins. Une fois par mois, je rassemblais tout de même mon courage d'ado torturé pour l'appeler, mais la conversation ne durait jamais plus d'une minute. Quelle que soit l'heure à laquelle j'essayais de lui parler, je le dérangeais. Dans sa voix, je sentais l'embarras et l'impatience d'en finir avec toujours, à la fin, un hypothétique rendez-vous. « La prochaine fois que je viendrai à Paris… La prochaine fois que tu iras en Bretagne… » Je raccrochais, encore plus mal en point que je ne l'étais avant de composer son numéro dont les chiffres commençaient à s'effacer peu à peu de ma mémoire.

Quand l'été arrivait, c'était pire. J'avais beau passer deux mois à dix minutes de chez lui, rien n'effaçait la distance entre nous. Je n'osais plus l'appeler mais dans l'espoir de le croiser, je fréquentais les mêmes endroits que lui : le golf et les différents bars et restaurants de bord de mer tenus par ses amis. Mon père étant un homme ancré dans ses habitudes, la technique s'est très vite avérée payante. Je le croisais, oui, mais c'était tout. Et comme s'il s'adressait à une vieille connaissance qu'il n'avait pas vue depuis longtemps, j'avais droit à des formules convenues du genre « T'es arrivé quand ? », « Tu repars quand ? », « Faut qu'on se fasse une bouffe ! » et il repartait aussi vite qu'il était apparu, sans jamais donner de nouvelles par la suite. Je me souviens encore de la tête de mes copains qui assistaient parfois à nos échanges furtifs au détour du comptoir d'un bar. « Mais… C'est… C'est ton père ? » Ils ne comprenaient pas plus la situation que moi mais tâchaient de ne pas trop le montrer pour ne pas me gêner plus que je ne l'étais déjà…

Quand j'arrivais miraculeusement à décrocher un dîner avec lui, il était plié en moins d'une heure après une bouteille de côtes-du-rhône vidée et quelques banalités échangées.

Plusieurs années se sont écoulées ainsi pendant que je me construisais à l'ombre de son absence. Jusqu'au jour où, de retour en Bretagne pour les vacances, un bac littéraire en poche, j'ai voulu passer la soirée avec lui pour parler de mon avenir. Je savais enfin ce que je voulais faire : être concepteur-rédacteur dans la pub et j'avais trouvé l'école parfaite pour y arriver. Rendez-vous était donc pris chez lui pour dîner, dans la maison qu'il partageait avec Nathalie depuis déjà plusieurs années mais où je n'avais pas encore été invité. Heureux et avec beaucoup d'attentes autour de cette soirée, j'arrivai à la porte d'entrée en tenant fièrement la brochure de mon école dans les mains. Souriante, Nathalie m'a ouvert la porte et j'ai rejoint mon père dans le salon de cette petite maison. Il sirotait un whisky devant les informations. Contrarié, il ne me laissa pas le temps de parler de mon école et aborda immédiatement le sujet qui occupait son esprit : mon frère aîné, avec lequel il venait d'avoir une discussion tendue. Ces deux-là n'avaient jamais eu des rapports simples et visiblement, leurs planètes venaient une nouvelle fois de se heurter au téléphone. Patient et concerné, j'écoutais mon père me faire l'état des lieux de leurs différends pendant que s'éloignait de plus en plus la perspective, assez égoïste, de parler de moi et de mon avenir. Les minutes passaient et mon frère restait au centre de la conversation. Je n'avais jamais été jaloux de lui mais ce soir-là, je l'étais. Et la brochure d'école que j'avais rapportée me servait maintenant de dessous-de-verre ; elle me semblait ridicule et me rappelait, à chaque fois que je la regardais, l'échec de cette soirée.

Soudain, un constat vint frapper mon esprit avec la vigueur d'un coup de tête. Cela faisait maintenant deux heures que j'étais là, je n'avais pas vu mon père depuis presque un an et pas une fois il ne s'était inquiété de savoir comment j'allais, pas une fois il ne m'avait posé ne serait-ce qu'une seule question, même la plus insignifiante. Et comme si cela ne suffisait pas, le coup de grâce arriva à table, pendant que je fixais les restes de rôti de bœuf dans mon assiette. Une petite phrase pour lui anodine, qu'il a prononcée sans même y prêter attention.

« Ce qui est dommage avec ton frère c'est qu'il est doué pour beaucoup de choses… Je crois même qu'il a plus de talent que toi. »

« Je crois même qu'il a plus de talent que toi »… Des mots dévastateurs qui sont à jamais tatoués dans ma mémoire.

Comme un boxeur inexpérimenté, j'ai encaissé ce coup comme je le pouvais, mais c'en était trop. Ma jeunesse et ma sensibilité m'ont empêché de répondre sans risquer de fondre en larmes, alors, avant que la boule que j'avais dans la gorge ne m'étouffe, j'ai prétexté un coup de fatigue pour quitter la table et m'en aller brusquement. Mon père a compris qu'il se passait quelque chose mais il a préféré me laisser partir plutôt que de creuser, au risque de tomber sur une mine prête à exploser. J'ai repris ma brochure, je suis remonté sur mon scooter et, sur la route qui me ramenait chez moi, le bruit du moteur a couvert celui de mes sanglots. Une fois arrivé, la bombe a explosé dans un message qui lui était destiné. Par écrit, j'ai tout lâché. Sans ménagement et avec la violence et le déchaînement d'un animal blessé, j'ai tapé là où ça fait mal, encore et encore, jusqu'à le mettre K-O. Et pour que lui non plus n'oublie jamais cette soirée et que je ne sois pas le seul à en garder les stigmates, j'ai terminé mon message avec cette phrase : « Je chie sur l'Élégant. » Quatre mots qui ont sonné le glas de notre relation, quatre mots qui l'ont fait disparaître de ma vie pendant de longues années et qui m'ont fait autant de mal que de bien. Il fallait que ça sorte. Il fallait que je « tue le père », pour reprendre une de ses expressions. Mais aujourd'hui, après la conversation que j'ai eue avec Nathalie et la peur que je ressens face à ce qui nous attend, ce souvenir m'arrache des larmes. Je m'en veux terriblement, honteusement. Et même si nous avons réussi à nous retrouver, je ne pourrai jamais effacer ce message ni rattraper ces années perdues. Le chagrin m'envahit et me secoue sans qu'heureusement, mon père ne puisse s'en rendre compte. C'est d'ailleurs à ce moment-là qu'il s'adresse à moi.

— Dis donc ?! Tu es bien silencieux tout à coup !

Je sèche mes larmes et j'essaye de répondre de la voix la plus claire possible :

— Oui, je crois que je ne suis pas encore bien réveillé, je n'ai pas très bien dormi cette nuit…

Ne voulant pas revenir sur notre dernier épisode, mon père préfère regarder la route :

— Tu sais un peu ce qu'ils annoncent comme vague à Nazaré ?

Tout ce que j'ai envie de lui dire à cet instant c'est : Non Papa, je n'en sais rien et je m'en fous. Je voudrais qu'on arrête nos conneries deux secondes et qu'on parle de ta santé parce que je sais très bien que ça ne va pas et que tu me caches quelque chose.

Mais au lieu de ça, je lui rétorque simplement :

— Non, mais je vais regarder !

Encore une occasion manquée… Pendant que mes dernières larmes tombent sur l'écran de mon téléphone, je déchiffre les infos des prévisions qui annoncent un beau spectacle en dépit du printemps déjà bien installé en ce mois de mai. Le spot de Nazaré a pour habitude de réserver ses plus grosses vagues en hiver mais ici comme partout ailleurs, le climat se dérègle et il n'est plus rare de voir arriver des houles importantes même en cette période de l'année. Nous ne verrons probablement pas les vingt-cinq mètres atteints en décembre dernier mais sans doute des vagues de six, sept, peut-être dix mètres si nous avons de la chance. Les plus grosses séries jamais déroulées devant mes yeux, ça ne fait aucun doute.

La perspective de partager ce moment avec mon père me redonne le sourire et me fait un instant oublier tout le reste.

Avec enthousiasme, je lui transmets un bulletin météo simplifié :

— Bon, bah ça va être gros !

— Super ! Allez ! Dans trois heures on y est ! On arrive au Portugal !

Tout au long des premiers kilomètres, seule la langue des panneaux de signalisation nous indique que nous avons quitté l'Espagne et la Galice. Les paysages se ressemblent, les maisons aussi mais petit à petit, plus nous nous rapprochons de la région de Porto, plus la route prend de l'altitude et notre Nissan Micra se retrouve en plein rallye de haute montagne où sa nervosité est soumise à rude épreuve. Les petits villages s'enchaînent et dans leurs rues étroites et accidentées, les obstacles se multiplient : une camionnette à l'arrêt qui fait office de supermarché ambulant pour les habitants de la région ; les jardiniers municipaux qui désherbent la chaussée, visages masqués, à coup de produits chimiques ; les motos d'un autre siècle qui avancent péniblement, les terrasses improvisées pour les cafés qui n'en ont pas, et les chiens, les chats… Tout passe et tout se passe sur ces routes. Et même si la largeur vient à manquer pour que deux véhicules se croisent, ils y parviennent, miraculeusement. Entre deux coups de volant habiles, mon père me fait d'ailleurs une remarque pleine de bon sens :

— Heureusement qu'on n'a pas une grosse bagnole !

Effectivement, pour la première fois du voyage, la taille de notre bolide nous facilite la tâche mais son moteur de petite citadine est à la peine dans ces montagnes portugaises. Sur les pavés, la voiture tremble, jusqu'à nous donner l'impression que l'habitacle peut se défaire comme un Lego à tout moment. Pendant que les yeux de mon père ne lâchent pas la route, les miens voyagent dans ce pays que je ne connais pas et dans une époque qui me paraît révolue.

Par la fenêtre, je découvre les carrelages colorés sur les façades des maisons et les regards sombres de leurs occupants, condamnés à une vie aussi simple que leur quotidien est compliqué. Le rallye se poursuit mais c'est maintenant le pied sur le frein que mon père négocie les virages d'une descente vertigineuse où même les habitations s'agrippent à la roche. Sous un cagnard printanier, le dénivelé de la route lui donne des airs de torrent à sec et notre voiture ressemble de plus en plus à un canot pneumatique ballotté par le courant. Loin d'être des experts du rafting, nous progressons tant bien que mal vers une destination qui nous attire plus bas, comme un aimant. Au détour d'un énième virage, luxuriante et séduisante, la vallée du Douro apparaît. Un fleuve qui coule comme du vin au milieu de vignes à flanc de montagne, à perte de vue. Ici, on fait du blanc, du rouge mais surtout du porto. En poursuivant notre descente mouvementée, la route nous fait traverser ces exploitations dont le nom est écrit fièrement en grosses lettres sur les façades des *quintas*, comme ils les appellent ici. Taylor, Fonseca, Croft, Vargellas, des appellations qui ne me disent absolument rien mais qui font venir chaque année, dans cette région isolée, des milliers de touristes.

Nous avons enfin quitté les hauteurs et longeons maintenant les rives du fleuve où nous retrouvons ces fameux vacanciers, entassés dans des bus, des bateaux de promenade et devant les établissements qui proposent des dégustations.

En regardant les montagnes et ces allées de vignes plantées à la verticale, je ne peux m'empêcher de penser aux vendangeurs qui, dans quelques mois, vont s'épuiser les jambes, les bras et le dos sur ces pentes interminables. Et si j'y pense, c'est parce que je l'ai vécu en Bourgogne, il y a une dizaine d'années. Nous étions une petite bande de copains et nous avions eu la fausse bonne idée d'envisager les vendanges comme un moyen sympa et convivial de gagner un peu d'argent avant la rentrée. Convivial, oui, sympa, non.

Menés à la baguette par une famille de viticulteurs pressés, nous avions découvert un travail harassant, où les journées dans les vignes commençaient à sept heures du matin. Je me souviens des heures, plié en deux, à couper le raisin et mes doigts… au sécateur. Je me souviens des jours de pluie où la boue venait s'accumuler sous nos bottes, nous lestant de quelques kilos en plus. Je me souviens de la sensation frustrante de ne pas avancer dans ces allées qui semblaient s'allonger à mesure que nous progressions. Le seul moment agréable que je garde en mémoire est la pause de neuf heures et demie, un casse-croûte offert par nos vignerons, composé de sandwichs au pâté et de bouteilles de vin blanc. Affamés et déjà épuisés, nous nous jetions sur le pain et le vin avant de reprendre le travail une demi-heure plus tard, complètement ivres. Au bout de quatre jours, nous avions craqué. Trop d'efforts et trop d'alcool pour la bande de petits branleurs que nous étions. Amputée de la moitié de leur effectif, la famille qui nous avait embauchés n'avait pas bien accueilli la nouvelle de notre départ précipité, bien au contraire. Nous nous étions fait jeter, et même si cette démission était d'abord pour nous un soulagement, elle était aussi, notamment pour moi, teintée de remords. Depuis ce jour, j'ai conservé un certain respect pour ceux capables de tenir la cadence pendant deux semaines tout en prenant soin de fêter chaque fin de journée par une cuite monumentale, comme le veut la tradition.

Dans la voiture, mon père s'agite. Nous sommes sur son terrain de jeu et ces vignes sont en quelque sorte ses vagues à lui, alors j'imagine très bien son envie de garer la voiture et de plonger tout entier dans l'une de ces immenses cuves que l'on croise sur notre chemin.

En souplesse et avec humour, il tente une approche :

— Ça ne te donne pas soif ce paysage, toi ?

— Ahaha… Papa, il n'est même pas dix heures !

— Et alors ?

— Bah… on en a quand même pris une belle hier soir, non ?

— C'est ça le problème avec vous les jeunes, vous ne savez pas boire correctement.

— Tu ne veux pas qu'on réserve ça pour notre retour ? On prendra le temps de se poser et de trouver la bonne *quinta* ! Il doit y avoir pas mal de pièges à touristes dans le coin.

Étonnamment raisonnable, il accepte, mais pas sans condition.

— Bon, ok pour le retour mais d'ici là, tu vas nous trouver la *quinta* à ne pas louper !

— Je m'y mets tout de suite !

J'ai réussi à éviter un arrêt au stand risqué et nous filons maintenant vers le sud, en contournant la ville de Porto. Derrière nous, les montagnes et les vignes disparaissent peu à peu dans le rétroviseur. D'autres montagnes nous attendent maintenant, celles de Nazaré, et de Praia do Norte.

Après les routes en lacet, les couleurs et les contrastes du Nord, voilà des heures, une éternité que nous roulons en ligne droite sur l'Estrada Atlântica, une départementale qui vient couper en deux une forêt de pins désolée, où la terre prend tantôt des couleurs ocre, tantôt celle du sable que le vent d'ouest transporte jusqu'ici pendant l'hiver. La sécheresse est partout, jusqu'au sommet des arbres qui, sur notre chemin, perdent de plus en plus leurs aiguilles. Bientôt, il ne reste plus que des troncs amaigris et noircis par les traces de départ de feu. Entourés par une terre brûlée aussi dure que le bitume sur lequel nous roulons, nous comptons les derniers kilomètres avec la hâte de voir surgir devant nous la plus grosse vague du monde.

— Il est temps qu'on arrive parce que j'en ai plein les jambes, et je ne te raconte pas l'état de mon dos…

Chez mon père, la fatigue a fini par prendre le pas sur l'impatience. Il n'en peut plus et même si son visage est dissimulé par ma planche de surf, je l'imagine marqué par notre périple. Deux jours qu'il trimballe son fils à travers l'Espagne et le Portugal, lui qui depuis de longues années a perdu l'habitude de voyager et pris celle de rester assis sur un canapé. En repensant à l'inquiétude de Nathalie et à la nécessité pour lui de se reposer, je me mets à regretter, un peu tard, de l'avoir embarqué dans ces milliers de kilomètres et surtout, d'avoir accepté sa proposition déraisonnable. Le petit garçon que je suis encore avec lui ne réalise que par intermittence l'âge de son père. Et puis, l'envie de vivre cette aventure ensemble était trop forte. Mais nous l'avons fait. Nous touchons au but et comme une ultime confirmation, l'Estrada Atlântica prend maintenant le nom d'Estrada Nazaré.

— On arrive Papa ! Encore quelques kilomètres !

Les dernières portions de la route sont avalées et nous voilà dans le village de Nazaré où le surf est présent à chaque coin de rue. De la surf house, au surf shop, en passant par les écoles de surf et les surfs en porte-clefs… le ton est donné. Pour atteindre la pointe et le phare qui surplombe la fameuse Praia do Norte, il faut traverser une grande place dont les pavés font trembler nos corps avec la même intensité que les déferlantes de Nazaré font trembler les surfeurs qui veulent s'y mesurer. Le vent fait danser les feuilles des palmiers, il vient de l'est, de la terre, la direction optimale pour former de belles vagues. L'excitation monte d'un cran. Évitant les touristes et les étalages des vendeurs de souvenirs, nous nous frayons un chemin hors de cette place, pour prendre ensuite la petite route, la Estrada do Farol, qui nous mènera à la pointe. Une fois engagés et au bout de quelques mètres à peine, les lignes apparaissent au loin devant nous, parfaitement dessinées sur un océan lissé par un vent *offshore*. C'est gros, sûrement très gros, mais l'évaluation précise de la taille est difficile. Nous continuons à avancer dans un silence religieux quand soudain, un jet-ski surgit de derrière la falaise, tractant un surfeur prêt à en découdre.

Une première série arrive, le surfeur fou lâche le palonnier et s'élance dans la première vague qui, au moment de s'ouvrir, creusée par le vent, double, voire triple de taille. C'est énorme, inimaginable. Un frisson me parcourt l'échine, quand les seuls mots que je suis capable de prononcer à cet instant sortent de ma bouche :

— Oh putain…

Aussi abasourdi que moi, mon père renchérit :

— Oh la vache…

Plus rapide que la vague, le surfeur évite la lèvre qui casse juste derrière lui, dans un grondement à réveiller tous ceux qui se sont noyés dans ces eaux piégeuses.

Et moi, je recommence :

— Oh putain !

Très vite, nous nous garons et terminons la dernière centaine de mètres à pied, doublés par des pick-up chargés de planches aussi longues que notre voyage. Une fois au pied du phare, nous rejoignons, sur le petit parking rempli, tous les surfeurs prêts à rattraper ceux déjà à l'eau. L'ambiance est électrique. Le long des chemins qui bordent la falaise, la foule grossit et pousse des hurlements à chaque fois que l'un d'entre eux s'élance. Et dans les coulisses de ce spectacle, les autres se préparent. Ils waxent leurs planches, fixent les dérives et pour certains, enfilent des gilets de sécurité équipés de cartouches d'oxygène. Déclenchables en cas de grosse chute, elles leur permettent de remonter plus vite à la surface. Une session à Praia do Norte ne s'improvise pas et ces types, malgré le jeune âge de certains, n'ont rien à voir avec les surfeurs lambda que l'on peut croiser à Biarritz ou sur tous les autres spots de la planète. Ce sont des fêlés professionnels avec le mental, la condition physique et l'équipement qui vont avec. En les regardant peaufiner chaque détail, mon père, impressionné, se retourne vers moi.

— C'est dingue… Ce n'est vraiment pas le même sport…

— Je crois même que ça va au-delà, Papa. Le sport et les efforts physiques, c'est juste un entraînement pour des moments comme ça. Il est là leur vrai kiff!

— Tu parles d'un kiff! Je ne mettrais même pas un pied dans ce bouillon…

Et, c'est une évidence, moi non plus. Le surf a toujours été à mes yeux un moyen de détente et de déconnexion. Un moment léger où rien n'est en jeu, et c'est précisément ce qui me différencie des surfeurs que j'observe sur ce parking. Aujourd'hui, ils jouent gros. Leurs réputations, leurs carrières, leurs futurs sponsors peut-être, mais surtout, leurs vies. Ils le savent, la vague de Nazaré peut tout leur donner ou tout leur prendre. Un quitte ou double qui pousse à la vérification approfondie de chaque détail et à l'anticipation de tous les scénarios possibles.

Dans ce bouillon, comme il dit, deux groupes de surfeurs se distinguent. Il y a ceux qui s'élancent tractés par des jet-skis et qui se positionnent au large et il y a ceux, les plus cinglés, qui préfèrent attraper ces monstres à la rame et qu'on retrouve plus au bord, proches du point de déferlement, à la merci du courant et d'une vague mal anticipée. Nous ne ratons rien de ce qui se joue à quelques centaines de mètres plus bas, sauf peut-être lorsque nous délaissons l'océan une seconde pour échanger un regard satisfait. Nous en avons parcouru, du chemin, pour en arriver là lui et moi. Et plus que les souvenirs que nous avons créés, c'est un lien inédit que nous avons tissé, kilomètre après kilomètre, confidence après confidence et bouteille de vin après bouteille de vin. Certes, mon foie est touché mais mon cœur l'est encore plus, et l'ado sans père avec lequel je cohabite depuis longtemps commence à me laisser respirer.

Vues d'en haut, les vagues sont déjà impressionnantes, mais plus je regarde les surfeurs emprunter le sentier le long de la falaise pour se rendre sur la plage, plus j'ai envie de les suivre, ne serait-ce que pour me mettre à leur place, juste un instant. Je propose donc à mon père d'aller nous dégourdir un peu les jambes.

— Ça te dit qu'on descende voir à quoi ça ressemble d'en bas ?

— Oh non, moi je suis très bien ici, mais vas-y toi, si tu veux.

— Ok. J'y vais vite fait et je reviens !

Je pars d'un pas décidé et impatient vers la plage quand il me fait une ultime mise en garde :

— Mais fais gaffe, hein !

Je lui réponds d'un simple sourire avant de me mêler aux quelques surfeurs déjà sur le chemin. À chaque pas, le grondement des vagues et la tension dans l'air se font de plus en plus violents.

À mi-chemin, je me retourne en direction de mon père qui ne regarde plus le large. Il me surveille. Je continue ma descente, amusé, jusqu'à arriver sur le sable encore mouillé par une marée qui commence à peine à baisser. Là, les choses sérieuses s'annoncent. Si tranquillement installés au pied du phare, les vagues nous paraissaient impressionnantes, vues de la plage, elles sont désormais menaçantes et je dois résister aux rafales du vent d'est qui me poussent vers elles. Trop bas pour voir les exploits des surfeurs tractés au loin, j'ai en revanche une position idéale pour apprécier ceux plus proches, qui partent à la rame. À cet instant, je comprends qu'entre eux et moi, l'opposition est assez simple. Je surfe pour oublier mes angoisses, ils surfent pour les dompter. Et quand ma relation avec la mort est distante et inexpérimentée, eux flirtent avec elle dès qu'ils le peuvent. Pourtant, depuis le début de ce voyage, et surtout depuis le coup de fil de Nathalie, je sens bien qu'elle nous tourne autour, comme un frelon au-dessus d'un déjeuner de famille, un jour d'été. Mais jusqu'ici, nous faisons ce qu'il faut. Nous continuons à vivre sans prêter attention à la menace qui rôde même si, de temps en temps, je jette des coups d'œil furtifs pour vérifier qu'elle ne s'approche pas trop.

Devant moi, un surfeur me tire de ma réflexion en s'élançant sur une des nombreuses « bombes » que l'océan catapulte sans relâche sur cette plage aujourd'hui. Elle doit mesurer entre sept et dix mètres mais il la surfe comme si elle faisait un mètre cinquante, agile et décontracté. Les bras levés, je laisse échapper des cris d'admiration avant de regarder dans la direction de mon père pour m'assurer que lui non plus n'en a pas perdu une miette. Mais je ne le vois plus et à sa place, se trouve un attroupement de personnes agitées, qui semblent toutes regarder vers le sol. Il me faut quelques secondes pour comprendre que c'est très probablement mon père que ce groupe encercle. Je me mets alors à courir de toutes mes forces sur ce sable qui ne me facilite pas l'effort. Mon cœur bat dans mes tempes et un sanglot me serre la gorge.

J'ai peur. Peur de ce qu'il lui est arrivé, peur de ce que je vais trouver et surtout, peur de le perdre lui, et tout ce que nous avons gagné. Arrivé en haut, je bouscule la foule et retrouve mon père se tordant de douleur, allongé sur le bitume. Je m'agenouille à côté de lui.

— Papa ? Qu'est-ce qui se passe ? T'as mal où ?

Agacé par l'attroupement autour de lui, il me répond, d'une voix contractée :

— Dis à tous ces connards de se barrer, j'en peux plus…

Sans discuter, je me lève et fais disperser les curieux avant de me rasseoir. Je repose alors ma question :

— T'as mal où ?

— C'est mon dos… Je ne peux plus bouger.

Son visage est déformé par la douleur et son teint est pâle comme je ne l'ai jamais vu auparavant. Je comprends que son état est très sérieux.

— Faut que tu ailles à l'hôpital tout de suite… Je vais demander à quelqu'un de nous emmener !

Toujours aussi énervé par la situation, il résiste avec le peu d'énergie qui lui reste :

— Tu ne vas rien demander à personne, je ne foutrai pas les pieds dans un hôpital et encore moins ici !

— Papa arrête tes conneries ! T'es plié en deux et t'arrives à peine à respirer ! Et puis, j'ai eu Nathalie au téléphone ce matin et elle m'a parlé de tes problèmes de santé. Donc les « t'inquiète » et les « tout va bien », c'est terminé, tu ne m'auras plus !

— Celle-là… Dès qu'elle peut me faire ch…

— Ouais je sais, elle te fait chier. En attendant, elle s'occupe de toi et maintenant c'est moi qui ne vais pas te lâcher, c'est clair ?

— Bon… J'ai des cachets dans la bagnole… Faut juste que tu m'aides à me relever.

En me voyant lutter pour soulever ses quatre-vingt-dix kilos, un surfeur vient m'aider et tous les deux, nous parvenons à le maintenir et à l'emmener vers la voiture. Ayant certainement assisté à toute la scène, l'homme se renseigne sur l'état de mon père.

— *Are you ok?*

Toujours aussi agacé, il lui répond de manière expéditive :

— *Yes, yes, ok, to do ben.*

Pendant que nous le portons, il se retourne vers moi et continue, entre deux gémissements de douleur :

— En tout cas, je te préviens, je ne vais pas dans un hôpital ici ! Plutôt crever !

— C'est bon Papa, j'ai compris.

Non sans un certain mal, nous finissons par arriver à la voiture et nous l'installons le plus confortablement possible côté passager. Je remercie le surfeur sans qui nous serions encore assis par terre et le laisse retourner à sa future session. Mon père m'indique où trouver ses médicaments, je les lui donne et m'installe à la place du conducteur avec dans mes mains moites et tremblantes les clefs de la voiture. Devant sa souffrance, je ne vois que cette solution, j'allume le contact.

— Qu'est-ce que tu fais ?

— Tu ne veux pas aller à l'hosto ici, je te ramène à Biarritz.

— Si tu crois que je vais te laisser conduire sans permis !

— Plutôt crever, c'est ça ? Parce que si on reste ici sans rien faire c'est certainement ce qui va t'arriver ! Alors tu prends ton cachet et tu me laisses gérer.

Derrière le volant, je ne gère pourtant rien du tout. Je n'ai pas conduit depuis presque dix ans, le jour où j'ai raté l'examen du permis, mais peu importe. Il faut rentrer et à cet instant, il n'y a que moi qui suis en état de le faire. Le GPS de mon téléphone m'indique le chemin le plus court, huit heures d'autoroute à travers le centre de l'Espagne. Finies les routes de bord de mer et les étapes gastronomiques, c'est un itinéraire sans arrêt et pied au plancher qui nous attend.

Je pose donc ma main moite sur le levier de vitesse, enclenche la première et réussis miraculeusement à faire bouger cette voiture. Je remonte la petite rue qui nous avait menés jusqu'ici et progressivement, une confiance fragile s'installe. Je sens que je peux y arriver. Mais au premier ralentissement, en arrivant sur la place de l'Église bondée de touristes, je cale et mon père grogne.

— Non mais c'est n'importe quoi…

— Tu me laisses gérer j'te dis !

Je parviens à faire redémarrer la voiture et à reprendre notre itinéraire. L'autoroute n'est plus très loin et une fois sur celle-ci, je n'aurai plus qu'à garder le cap malgré la tempête qui me secoue de l'intérieur.

Voilà près d'une heure que j'ai pris les commandes de notre voyage et j'ai beau regarder droit devant moi, je ne peux m'empêcher d'entendre mon père contenir ses souffrances, silencieux, immobile et dissimulé derrière mon surf.

— Ça va Papa ? Comment tu te sens ?

— J'en chie mais ça va…

— Les médocs ne fonctionnent pas ?

— Bof… De toute façon c'est comme ça presque tous les jours.

— Et ça fait combien de temps ?

— Longtemps… Je ne peux même plus jouer au golf.

— Mais je ne comprends pas, tu n'es pas allé voir un médecin pour ça ?

La douleur l'affaiblit mais il ne baisse pas sa garde pour autant :

— Bon écoute, je t'ai pas laissé prendre le volant pour que tu me fasses la morale tout le trajet, j'ai déjà ce qu'il me faut à la maison !

— Je m'inquiète pour toi, moi, c'est tout !

— Ouais ben, fais-moi plaisir, inquiète-toi plutôt de la route !

Coupable de s'être emporté, il reprend après un silence et finit par se livrer sur la raison assez paradoxale de son refus de consulter un avis médical :

— Tu sais, je crois que j'ai une saloperie…

C'est donc ça…

Pendant des années, mon père a vécu avec des doutes sur son état de santé, mais l'incertitude était plus simple à gérer pour lui que le risque qu'un médecin lui dise un jour : « Vos examens ne sont pas bons. » Consulter, c'était tomber officiellement malade, sans retour en arrière possible. Alors il a continué sa vie et continué à tromper l'angoisse avec tout ce qu'il avait à portée de main. Mais aujourd'hui, à plus de soixante-dix ans, toutes ces clopes, ces cigares, ces médocs et ces litres d'alcool le rattrapent. La mécanique s'enraye et il en est malgré lui le témoin privilégié. Au fil du temps, le doute s'est mué en une intime conviction lourde à porter, mais préférable, et de loin, au diagnostic implacable d'un type en blouse blanche. Le problème, c'est qu'il n'est plus le seul spectateur de sa dégradation. Nous sommes désormais aux premières loges, sa femme, mon frère, ma sœur et moi. Ce qui était son affaire est devenue la nôtre et loin de nous l'idée de le laisser continuer à faire l'autruche. Dans cette voiture avec lui, je suis pourtant seul, mais bien décidé à regarder la situation en face, tout en essayant de minimiser les mauvaises intuitions de mon père.

— T'en sais rien ça Papa, faut juste aller faire des examens.

— J'ai mal partout et je perds la boule, je n'ai pas besoin d'aller me faire tripoter pour comprendre que ça ne va pas.

— Et ta solution à toi, c'est de ne rien faire, c'est ça ?

— J'ai soixante-quatorze ans, j'ai bien vécu, ma vie est derrière moi, maintenant.

— Plutôt crever donc.

Acculé et gêné, il laisse à nouveau un silence s'installer, que j'accueille comme un soupir au milieu de cet échange tendu. Et c'est dans ma tête que continue cette discussion.

Quel gâchis… Toutes ces années sans nous parler ont presque été oubliées depuis que nous avons repris contact mais elles me reviennent aujourd'hui en pleine figure comme les gifles que j'encaissais chaque fois que nous nous retrouvions pendant l'été, au même endroit, et qu'il faisait semblant de ne pas me voir. Dans les rues de Saint-Lunaire, au club-house du golf, dans les bars ou restaurants… Nous pouvions passer une soirée entière à quelques tables d'écart, séparés par la foule, sans jamais échanger un regard. Chacun savait que l'autre était là, mais nous étions trop fiers pour tourner la tête, trop fiers pour faire un pas vers l'autre. Cette comédie du dos tourné a duré presque dix ans, jusqu'au jour où, installé avec ma petite amie de l'époque et ses parents à la terrasse d'un des nombreux lieux de rendez-vous estivaux, le patron déjà bien éméché s'approcha pour me dire, d'une voix forte et désarticulée :

— T'as le bonjour de ton père ! Tu sais qu'il me parle tout le temps de toi ?

Honteux que cette scène se soit déroulée devant une famille encore plus bourgeoise que la mienne, je me suis contenté de répondre :

— Ah non ça je… Je ne suis pas au courant…

L'homme est ensuite parti mais le malaise est resté, interminable, à tel point qu'une fois rentré chez moi, j'ai pris mon téléphone pour écrire à mon père et organiser une entrevue. C'en était trop, le ridicule avait assez duré.

Visiblement surpris de me lire, il me proposa de venir dîner chez lui, là où tout s'était arrêté. N'ayant effectivement pas gardé un bon souvenir de ma dernière visite, je lui ai suggéré un terrain neutre, un restaurant de mon choix. Et quelques minutes plus tard, je reçus une réponse embarrassée :

— Tu sais, je n'ai pas vraiment les moyens d'aller au restaurant en ce moment…

Mon envie de l'affronter fermement en prenait un coup. Je savais bien qu'il avait des problèmes d'argent, mais le voir écrit noir sur blanc et l'imaginer, lui qui aimait tant les bonnes tables, devoir se priver de tout un pan de sa vie sociale, me désolait.

Je compatis sans dévier de mon programme. J'avais à l'époque commencé à travailler dans la pub, je gagnais ma vie et ce resto allait être pour moi l'occasion de lui montrer que j'avais réussi malgré le talent dont il m'avait amputé, quelques années plus tôt. Ma réponse fut donc inflexible.

— C'est moi qui t'invite. J'ai réservé à 20 heures. À demain.

J'étais arrivé en avance ce soir-là, comme pour mieux m'approprier les lieux avant qu'il ne me rejoigne. Le restaurant, qui n'existe plus aujourd'hui, était petit, intime, tamisé et je m'étais installé à l'une des quelques tables de la véranda qui donnaient sur la rue. Face à la baie vitrée, je regardais les clients arriver pour le premier service, tout en sirotant nerveusement mon verre de vin. Je n'étais plus sûr de mon coup, plus sûr de parvenir à maintenir la distance et l'autorité que j'avais prévu de conserver face à lui. Je lui en voulais de m'avoir humilié toutes ces années en m'ignorant publiquement et aussi de ne pas avoir essayé de renouer le dialogue, même avec colère. J'avais, après tout, eu des mots durs et injurieux à son égard, mais l'enfant, c'était moi et c'était à lui de faire le premier pas, à lui de forcer les retrouvailles.

Me sentant peu à peu submergé par mes émotions, j'eus soudain l'envie de quitter le restaurant sans me retourner. Je n'étais pas prêt, mais c'était trop tard. À 19 h 55, je le vis arriver de l'autre côté de la rue, fragile et vieilli. Son teint était gris, autant que ses cheveux l'étaient devenus et sa démarche voûtée, honteuse. Je l'avais aperçu un an auparavant, mais à cet instant, c'était un autre homme que je découvrais. Un homme que la vie et ses choix étaient en train de mettre K-O. Finis les pulls en cachemire colorés qui flattaient son teint d'éternel vacancier, bonjour les polaires grises Decathlon à la coupe aussi fatiguée que celui qui les portait. Ma tâche s'annonçait de plus en plus compliquée. Avant qu'il n'entre dans le restaurant, nos regards s'étaient croisés, pour la première fois depuis si longtemps…

Il n'était même pas encore assis devant moi qu'il avait déjà gagné, j'avais les jambes coupées. Du mieux que je pus, je décidai quand même de me lever pour l'accueillir et lorsqu'il rentra dans le restaurant, il s'approcha de moi et me prit dans ses bras.

À l'oreille, il me glissa simplement :

— Je suis content de ce dîner.

Et moi de lui répondre :

— Moi aussi.

Face à face et les yeux embués par une émotion contenue, nous ne savions plus quoi dire et moi le premier. J'ai donc commencé par lui servir un verre de vin de la bouteille que j'avais commandée avant qu'il n'arrive.

— Tiens, tu vas voir, il est top.

Une fois l'épaisse couche de glace brisée, mon père me posa des questions et m'écouta parler de mon boulot et de mes débuts dans une grande agence de pub parisienne. J'en faisais beaucoup, sans doute trop, mais je n'étais pas le seul. Peu importe ce que je pouvais raconter, il me répondait, enthousiaste : « C'est super ! » ou « Ah oui, génial ! ». Nous avions une dizaine d'années de retard et l'impression de n'avoir qu'une seule soirée pour les rattraper. C'était ensuite à son tour de me raconter sa vie mais je ne pouvais malheureusement pas réagir avec les mêmes mots que lui. Après avoir déposé le bilan de la société de maroquinerie qu'ils avaient montée avec ma mère, il avait repris une agence immobilière et s'était un temps improvisé vendeur de biens, mais sans grand résultat. La seule chose qu'il avait réussi à revendre, c'était son agence, au bout d'un an. Il vivait donc de petites économies et de l'aide familiale en attendant de pouvoir enfin toucher sa retraite.

Plus je l'écoutais parler en regardant son verre et plus j'avais envie de l'aider et de le prendre dans mes bras. Ce soir-là, j'ai compris que pendant tout ce temps où je ressassais ma frustration d'adolescent, la vie m'avait filé entre les doigts à une vitesse vertigineuse. Nous n'étions plus les mêmes, lui et moi. J'étais en train de devenir un adulte et lui prenait ses erreurs et ses errances en pleine figure, tout en essayant de ne pas sombrer. Il avait besoin de moi, peut-être plus que je n'avais besoin de lui. Nous avons donc terminé le dîner en nous faisant la promesse de ne plus jamais être des étrangers l'un pour l'autre et de continuer à nous voir régulièrement.

Parce que, comme il me l'a beaucoup répété dans ce restaurant, « la vie passe trop vite ».

— Bon, si j'ai bien compris, on ne va pas s'arrêter dans une *quinta* pour boire un coup ?

Je croyais mon père endormi derrière ma planche, mais j'ai eu tort. La douleur l'empêche de fermer l'œil mais pas d'avoir soif, ni visiblement de faire un peu d'humour.

Sans sourciller, je lui réponds :

— T'as tout compris !

— C'est dommage parce que ça, ça marche mieux que les médocs !

— Ahahah. Sans blague ! Essaye de te reposer un peu, va. Il y a encore pas mal de route jusqu'à Biarritz.

Salamanque, Tordesillas, Valladolid, Palencia, Burgos… Depuis que nous roulons en Espagne, les villes que nous contournons s'enchaînent sans que le paysage change. Des étendues sans relief, entre champs cultivés et terres arides laissées à l'abandon. Au départ, rassuré de n'avoir qu'un trajet en ligne droite à surmonter, je guette maintenant le moindre virage, la moindre surprise dans mon champ de vision, mais rien. Le soleil tape sur la voiture et sur le bitume pendant que mon père ronfle, imperturbable. Il a fini par trouver le sommeil malgré la douleur, ou peut-être est-ce la douleur qui a fini par l'épuiser. Une seule chose est sûre, le sommeil me guette moi aussi, et je dois lutter pour ne pas me laisser hypnotiser par une route soporifique. J'avais baissé la radio pour l'aider à s'endormir mais si je ne remonte pas un peu le volume, c'est moi qui vais sombrer, et mon père avec. Timidement et discrètement, je retrouve l'ambiance sonore de

Mega Star FM, la radio espagnole qui nous avait accompagnés au début de notre périple.

— Tu peux monter le son si tu veux, je ne dors pas de toute façon.

— Pour quelqu'un qui ne dort pas, tu ronfles quand même pas mal !

— Non mais c'est ce foutu dos qui ne me lâche pas…

— Écoute, je fais au mieux mais je peux pas aller plus vite, on est au max, là. Tu parles d'une bonne bagnole !

— Et ça te fait quoi de conduire ?

— Peur ! J'ai jamais compris ces gens qui y prennent du plaisir. Heureusement, ça roule bien et on se rapproche.

— Tu sais, je voulais te dire que j'avais trouvé ce voyage super.

— C'est vrai qu'on s'est bien marrés, même si j'ai pas beaucoup surfé… En tout cas on le refera, maintenant qu'on sait que c'est possible.

— On aurait surtout dû le faire plus tôt ! Mais on a perdu tellement de temps toi et moi…

À cette remarque, je comprends que chacun de son côté, en silence, nous avons replongé dans les mêmes souvenirs et la même époque. J'ai beau être satisfait qu'il l'admette et qu'il aborde tout simplement le sujet, je ne peux m'empêcher de lui répondre avec des reproches.

— Ah oui et à qui la faute ?

— Comment ça « à qui la faute » ? Tu veux que je te rappelle les horreurs que tu m'as écrites ?

— C'est bon Papa, je m'en souviens.

— Ça n'a pas toujours été simple avec ton frère et ta sœur mais ils ne m'ont jamais parlé comme ça.

— On n'a pas la même mère, ça doit peut-être venir de là.

— Ah c'est sûr que cette violence, tu ne la tiens pas de moi !

— Bah tu vois, j'aurais peut-être aimé que tu te fasses un peu violence, justement.

— Comment ça ?

— Ces « horreurs » comme tu dis, c'étaient surtout les mots d'un fils malheureux et blessé. Et au lieu de le comprendre et de faire face au problème, toi tu as préféré jouer les pères outrés et offensés… Et puis sais-tu ce que ça fait d'être ignoré par son père en public ? Devant ses potes, sa copine, sa famille ?

— Et toi, tu sais ce que ça fait d'être considéré comme une merde par son propre fils ? De voir ces mots écrits noir sur blanc : « Je chie sur l'Élégant » ? Je ne vais pas te réciter tout ton message mais il n'y a pas un mot que j'ai oublié ! Pas un ! Je n'étais déjà pas fier du père que j'étais pour toi, mais là, tu m'as mis au tapis. Alors ne viens pas me parler de blessure et de tristesse !

Dans sa voix, je sens bien qu'il a mal, mais ce n'est plus uniquement de son dos dont il est question. Nous n'avions jamais parlé de ça, jamais parlé tout court. Après nos retrouvailles, nous nous sommes contentés de mettre un mouchoir sur nos rancœurs et nous avons tenté de reprendre notre vie là où elle s'était arrêtée. Mais aujourd'hui, dans cette Nissan Micra transformée en confessionnal, il n'a pas fallu grand-chose pour que tout ressurgisse, simplement la peur de nous perdre pour de bon.

— On s'est tous les deux fait du mal Papa, c'est certain. Mais ce qui m'attriste encore aujourd'hui, c'est que si je n'étais pas venu vers toi pour qu'on se parle à nouveau, je ne suis pas sûr que tu aurais agi.

— On verra comment tu réagiras toi, le jour où tu auras des problèmes avec ton fils.

Voulant alléger la discussion, je réponds :

— Si ça pouvait être une fille, ça m'arrangerait.

— Ahaha. Une fille ce n'est pas simple non plus, va.

Après une respiration dont nous avons tous les deux grand besoin, je reprends, sur le même ton :

— En tout cas merci pour cette discussion parce que je commençais à somnoler et là, je suis bien réveillé !

— Oui, et moi ça m'a permis d'oublier mon vieux corps malade pendant un moment, c'est déjà ça… Et puis l'important, c'est quand même qu'on ait fini par se retrouver.

— Et c'est pour ça que tu vas me faire le plaisir d'aller à l'hosto dès qu'on arrive, j'ai pas envie que tu me claques dans les pattes maintenant !

— D'ailleurs on n'arriverait pas au Pays basque là ? Regarde ces montagnes !

Mon père a raison. En même temps que nous avons remonté le temps et notre histoire, nous avons remonté l'Espagne et comme une ligne d'arrivée, les Pyrénées sont maintenant droit devant nous. La fin du voyage est proche et le soulagement de lâcher le volant est mêlé à l'appréhension de ce qui va se passer après. Après les examens médicaux, les prises de sang, les scanners, les radios et cetera. Parce que si lui sent qu'il a une « saloperie », je le sens aussi.

Il y a bien une chose qui me réjouit à l'idée de descendre de cette voiture, c'est la possibilité pour moi de repasser à mon appartement de location à Biarritz et de pouvoir enfin fumer un énorme joint. Je m'imagine déjà en train de le rouler et de ressentir l'étourdissement de la première bouffée. La délivrance, l'anesthésie. Je n'ai pas fumé depuis la Galice et notre soirée à l'hôtel de Manuel et pendant que je me rappelle ce moment particulier, un autre souvenir vient me frapper la mémoire, comme un réveil, une alarme tonitruante. J'ai toujours la beuh de Manuel avec moi. Les deux cents grammes planqués à la hâte dans la housse de mon surf. Avec tout ce qui s'est passé, j'ai totalement oublié de m'en débarrasser quand j'en ai eu l'occasion. La connerie, la vraie! Et en réalisant cela, je laisse échapper, à voix haute, deux mots qui traduisent ma stupeur:

— Oh putain!

Curieux, mon père m'interroge:

— Qu'est-ce qui ne va pas?

Désormais trop proche du péage de la frontière pour pouvoir m'arrêter et tout jeter, je décide donc de lui dire, au cas où la douane serait là pour nous accueillir:

— Papa, j'ai de la *beuh* dans la voiture...

— De la quoi?

— De l'herbe, du cannabis quoi!

— Mais tu m'as dit que tu ne fumais plus!

— Je t'ai pas dit ça, j'ai dit « rarement »! Et puis bon, je t'ai menti...

— Super... Et tu en as beaucoup?

— Deux cents grammes...

— Quoi? Mais ça sort d'où?

— C'est Manuel qui me les a filés... C'était un cadeau, j'ai pas osé refuser. Je voulais tout balancer après mais j'ai complètement oublié.

— Mais il t'a donné ça quand?

— À la fin, quand t'étais dans la chambre avec Rosita.

— Je t'ai déjà dit que je n'étais pas avec Rosita!

— Oui enfin… C'est pas le sujet là, Papa ! Le sujet c'est qu'il y a deux cents grammes d'herbe planqués dans ma housse de surf, qu'on est sur l'autoroute des dealers et qu'on arrive bientôt au péage de la frontière. On ne peut plus s'arrêter, là !

— Et sans parler du fait que t'as pas le permis de conduire !

— Merci Papa, ça m'aide beaucoup ce que tu me dis…

D'une voix posée et sereine, mon père tente de me rassurer :

— Bon, déjà, il faut que tu respires, ce n'est pas du tout sûr qu'il y ait la douane et encore moins qu'elle nous contrôle.

— Ouais mais ça va être écrit sur ma tronche, je suis pas un passeur de drogue moi, je sais pas faire !

— Mais si, tu vas te détendre et tout va bien se passer.

— Et si jamais on se fait contrôler ?

— Ah, là, t'es dans la merde, c'est pour ça qu'il faut que tu te détendes.

— T'es marrant toi…

Sur cette dernière portion d'autoroute, mon cœur bat fort et mes mains moites glissent sur le volant. J'essaye de penser à des choses agréables, positives, comme une belle vague qui déroulerait sans fin dans des eaux cristallines mais la seule chose que j'arrive à visualiser ce sont deux douaniers en train de dézipper la housse de mon surf et de tomber sur le cadeau empoisonné de Manuel. Je me vois déjà menotté à une chaise en train d'expliquer à un brigadier circonspect, pourquoi je conduisais sans permis avec deux cents grammes de cannabis dans la voiture. Et mon père là-dedans ? Il a beau jouer les types décontractés, je n'ose imaginer la honte et la déception sur son visage au moment où les douaniers sortiront le sac plastique. Et qui va l'emmener à l'hôpital ? Je n'ai quand même pas fait tout ça pour ça ? Noyé sous les questions et les projections angoissantes, j'étouffe, il me faut de l'air. J'ouvre donc la fenêtre de ma portière et c'est à ce moment-là qu'un panneau devant nous indique le péage à deux mille mètres. Deux mille mètres entre nous et une roulette de casino avec en plus, une case prison. Comme un entraîneur avant un match à l'issue incertaine, il tente de trouver des mots simples :

— Allez ! Ça va le faire !

Nous sommes maintenant à moins de mille mètres du péage et j'aperçois ce que je redoutais le plus : la douane. À chaque péage, un officier occupé à scruter chaque véhicule, chaque comportement suspect, c'est-à-dire le mien.

— Putain Papa y'a la douane ! J'en étais sûr ! Merde, merde, merde…

— Tu te calmes et ça va passer tout seul !

Soudain, à la radio espagnole, mon père reconnaît notre chanson, *La Cintura*, celle que nous avons interprétée plusieurs fois à l'aller, au volant, ou à la terrasse d'un restaurant de plage. Il monte le son et s'adresse à moi avec autorité :

— Chante !

— Quoi ?

— Chante j'te dis ! Ils ne vont pas contrôler deux types en train de chanter !

— Ça sort d'où cette connerie ?

— Fais-moi confiance et chante !

Je n'ai aucun autre plan, aucune autre attitude à adopter à part celle du condamné, alors je m'exécute. En chœur, nous reprenons le refrain alors que la barrière de péage se rapproche.

« Y bajando, bajando
Olvidando, olvidando
Que estoy bailando, bailando
Y así hasta el amanecer »

Arrivés au péage, nous continuons à chanter pendant que j'essaye de cacher mes tremblements en insérant ma carte de crédit dans la machine. Le douanier inspecte notre véhicule sans décrocher un sourire. Nos regards se croisent puis il tourne la tête, se dirigeant vers la voiture derrière nous. La barrière se lève, je redémarre la voiture mais dans la panique qui était la mienne, je cale.

— Putain, non pas ça, pas maintenant…

L'officier se retourne de nouveau vers notre voiture mais à la seconde tentative, je parviens enfin à nous faire avancer et à quitter le péage.

Faisant semblant de n'avoir jamais douté, mon père accompagne ce départ de son assurance :

— Eh bien tu vois !

Pendant que soulagé, je réalise :

— Putain on l'a fait ! On est passés !

Il monte encore un peu le son de la radio et nous continuons à chanter à tue-tête. Entre deux couplets, je m'adresse à lui tout en reprenant une respiration normale :

— Elle est vraiment bien cette chanson…

Satisfait, il me répond :

— Et il est vraiment bien ce voyage…

Avant d'ajouter :

— Mais maintenant tu vas me balancer tout ça, hein !

— Oh oui, ne t'inquiète pas !

Je vais effectivement me débarrasser de ce cadeau, mais pas avant de l'avoir goûté. Je l'ai quand même bien mérité.

La lumière décline et les ombres font leur apparition sur la route qui nous mène à Biarritz, mais aussi sur notre voyage qui touche à sa fin. Trois jours plus tôt, nous avions quitté cette ville sous une tempête dont les vents semblent s'être dissipés, et seul le bitume détrempé nous rappelle que la pluie n'est jamais très loin. Pour moi, ces trois jours se sont transformés en années, à tel point que je retrouve une ville changée à mesure qu'elle se rapproche et se densifie autour de nous. C'est comme si les arbres avaient grandi, comme si les magasins avaient de nouvelles enseignes et les restaurants de nouveaux noms. Plus rien n'est pareil dans ces rues que je connaissais pourtant par cœur. Mais avant que je me perde dans ce nouvel inconnu, j'ai une mission à terminer et je me dois de la lui rappeler.

— Papa, tu sais où je t'emmène, là ?

— Oui, oui, je sais, la fête est finie…

— Mais non, il faut juste que tu fasses des examens et que tu t'occupes de ton dos et du reste. J'ai prévenu Nathalie sur la route, elle sera là à notre arrivée.

— C'est bien ce que je dis, la fête est finie…

— C'est justement pour qu'il y ait d'autres fêtes qu'on fait tout ça ! Fais-nous confiance et laisse-la un peu s'occuper de toi.

Caché derrière ma planche de surf, je le sens nerveux, angoissé et sa voix grave et profonde prend tout à coup la teinte de celle d'un enfant embarrassé par la question qu'il s'apprête à poser :

— Et qu'est-ce qui va se passer si je l'ai, ma saloperie ?

— Il va se passer qu'on l'aura repérée à temps et que les médecins pourront faire ce qu'il faut pour la traiter, ta saloperie.

Peu convaincu par mon optimisme, sa peur n'en a fait qu'une bouchée. Alors, avant qu'elle ne m'envahisse également, j'ajoute avec moi aussi une conviction mitigée :

— Ça va aller, ne t'inquiète pas…

Arrivés au centre hospitalier de la Côte basque, je gare notre voiture, aussi épuisée que ses occupants.

— Papa, tu veux que je t'aide à sortir ?

— Ah je veux bien parce que là, je ne peux plus bouger…

Sous une nuit désormais bien installée, je fais donc le tour de la voiture et en ouvrant sa portière, je redécouvre celui que je n'avais pas vu depuis huit heures. L'éclairage du plafonnier frappe son visage tandis que l'obscurité s'engouffre dans ses rides marquées autour de sa bouche et entre ses yeux. Mon père porte le masque de la douleur, de l'épuisement et peut-être d'autre chose encore. Je l'aide donc à se redresser et à faire quelques pas sur le parking quand je vois Nathalie se garer à son tour et nous rejoindre précipitamment. Inquiète, elle s'adresse directement à lui :

— Ça va mon chéri ?

Ironique, mon père lui répond :

— Eh bien comme tu vois, c'est la grande forme…

Sans relever son mauvais esprit, elle continue, imperturbable :

— C'est encore ton dos ?

Et il finit par être sincère.

— Oui… Là, je suis au bout…

Nathalie vient m'aider à le soutenir et tous les deux, nous l'emmenons à l'intérieur de l'hôpital. Dans le Sud-Ouest, l'entregent de ma belle-mère n'est plus à démontrer. De Bordeaux à Biarritz, elle connaît tout le monde et tout le monde la connaît. C'est donc assez facilement qu'elle a pu trouver un médecin capable de prendre en charge son mari immédiatement. À peine avons-nous le temps de l'asseoir pour annoncer sa présence qu'une équipe arrive pour l'installer sur un lit et l'emmener faire des examens. Nous échangeons tout de même quelques mots avant qu'il ne disparaisse derrière d'épaisses portes coupe-feu.

— Je t'attends là Papa ! Je ne bouge pas !

Effaçant un instant les rides de son visage, il me sourit et répond, en levant le pouce de sa main droite :

— Il était top ce voyage…

Les portes se ferment derrière lui et nous allons nous rasseoir, Nathalie et moi, sur ces chaises où tant d'autres se sont assis avec la même angoisse, la même appréhension. Auparavant calme et douce face à mon père, Nathalie change brusquement d'humeur en s'adressant à moi, comme si les digues qu'elle avait érigées pour contenir son stress venaient de lâcher.

— Mais qu'est-ce que vous avez foutu tous les deux ? Il a pris dix ans ton père…

— Je crois qu'on a rattrapé dix ans, justement.

— Et vous étiez obligés de vous mettre dans cet état pour vous retrouver ? Parce que je parle de lui, mais tu n'as pas l'air brillant toi non plus…

Effectivement, je suis au bout de mes forces nerveuses et physiques. Mes digues aussi sont en train de lâcher. Après un silence, Nathalie reprend, plus compatissante :

— Il faut que tu rentres te reposer, tu ne tiens plus debout.

— Non, non, ça va, je vais rester avec toi.

— Écoute, ça risque de durer longtemps et à mon avis, on ne saura rien ce soir. Alors laisse-moi un peu prendre le relais ok ?

— Ok…

Je ne me fais pas prier longtemps. Je crois que j'ai effectivement besoin de passer la main, au moins quelques heures. Et dans le regard clair et rassurant de Nathalie, je vois celui du meilleur gardien que mon père pouvait espérer à cet instant. Avec tendresse et autorité, elle me donne ses dernières consignes que j'appliquerai à la lettre.

— Monte dans un taxi, file te coucher et je te tiens au courant dès que j'ai du nouveau.

— Ça marche…

En passant la porte de mon appartement de location, au rez-de-chaussée d'une maison de ville, je retrouve le petit monde dans lequel nous avons vécu quelques jours auparavant, mon père et moi. Ses journaux étalés sur la table, la bouteille ouverte que je venais d'acheter, son pull bleu roi posé sur le dossier d'un fauteuil… Je retrouve même son odeur qui flotte dans cette petite pièce mal éclairée. Épuisé, je n'ai qu'une envie : plonger dans le sommeil. Un sommeil lourd qui me pousse à laisser sur le sol mon surf et ma combinaison encore humide, pour aller m'enrouler dans des draps froids et m'éteindre jusqu'à demain.

— Allô…

— Antoine ? Je te réveille ?

La voix de Nathalie me fait soudain me redresser.

— Oui mais c'est pas grave. Il est quelle heure ?

— Sept heures, j'ai préféré appeler maintenant pour te laisser dormir un peu.

— T'as des nouvelles ?

— Oui, ton père a passé les premiers examens cette nuit et les résultats ne sont pas très bons…

— Ah…

— Les médecins ont trouvé des nodules, des taches dans ses reins, au cerveau et dans ses poumons, ce qui n'était pas le cas la dernière fois.

— Putain…

— Ils doivent faire d'autres analyses pour savoir précisément ce que sont ces taches mais il y a de fortes chances pour que ce soient des métastases et donc un cancer à un stade déjà bien avancé…

— La totale quoi…

Un soupir glacé me vide de mon oxygène avant que je reprenne, tant bien que mal, le fil de notre conversation.

— Ok… Et les prochaines étapes, maintenant ?

— On va le changer d'hôpital aujourd'hui pour l'amener près de la maison à Arcachon. Là-bas, j'ai une amie spécialiste qui pourra bien s'occuper de lui et superviser les prochains examens.

— Et tu veux que je vienne avec toi ?

— Non, je crois que pour toi, le mieux, c'est que tu rentres à Paris. Ton père est sous morphine donc il ne souffre plus, mais là, il a besoin de se reposer…

— Ok…

— De toute façon, il va se passer pas mal de jours entre les examens et les résultats. Je te tiendrai au courant de tout et je te dirai quand ce sera le bon moment pour venir le voir.

— Ok…

— Et puis je reste à côté de lui, je ne le lâche pas, tu peux me faire confiance.

— Oui, oui, je sais…

— Ça va aller Antoine. On va l'entourer et ça va aller…

— T'as raison… Bon… Tu me tiens au courant ?

— Oui, à très vite.

À cet instant, le toit de la maison qui m'abrite s'effondre. Assis sur mon lit au milieu des poutres brisées, des pierres entassées et de l'air poussiéreux, j'essaye de comprendre ce qui m'arrive et surtout, de comprendre ce qui va lui arriver à lui. L'état de choc s'installe avec une tristesse sourde et muette comme si cette boule dans la gorge que je trimballe depuis quelques jours avait fini par nouer mes cordes vocales. Pourtant, je me doutais que ses problèmes de santé surviendraient un jour ou l'autre. Je crois même que je les attendais assis dans une pièce sombre, à les guetter depuis l'embrasure de la porte. Mais j'ai dû m'endormir, baisser ma garde et ils sont entrés.

Profitant de l'effet de surprise, ils m'ont cogné sans ménagement et maintenant, je suis sonné.

Il faut tout de même que je me lève, que je quitte cet appartement et que je rentre à Paris, là où j'aurai d'autres compagnons que la solitude et les fantômes. Biarritz, cette ville où n'être avec personne ne me faisait pas peur, est devenue depuis notre retour et surtout depuis le coup de fil de Nathalie, une immense salle d'attente à ciel ouvert.

Je ne veux plus y surfer, je ne veux plus m'y balader, je veux m'en échapper.

Paris n'est malheureusement pas beaucoup plus réconfortante. Voilà presque quinze jours que je suis de retour et même si je ne travaille plus, mon cerveau, lui, tourne à plein régime. La nouvelle est tombée quelques jours après mon arrivée, c'est bien un cancer. Un cancer généralisé, inopérable et qui colonise petit à petit la grande carcasse fatiguée de mon père. Si aujourd'hui, je ne suis pas à son chevet c'est que, fier comme il l'a toujours été, il refuse toute présence à ses côtés. Même son téléphone est géré par Nathalie et les messages de soutien que j'ai pu lui envoyer depuis notre séparation sont restés sans réponse. J'attends donc le feu vert ou plutôt l'alerte rouge de ma belle-mère pour sauter dans un train direction le Sud-Ouest.

Pour tuer le temps, je marche. Je marche dans mon appartement jusqu'à poncer le parquet de mes pas angoissés et je marche dans les rues de Paris, seul au milieu de la vie qui me nargue. Pour tuer le temps, je m'entoure de mes amis, mais après la compassion et leurs mains sur mes épaules, le quotidien a repris.

Ici, c'est le printemps, la période des bouteilles en terrasse et des fêtes sur les toits. Pour enterrer l'hiver, tout le monde est de la partie, sauf moi. Certes, mon corps est présent, ma descente aussi, mais je ne bois pas pour m'amuser ni pour oublier. Je bois pour me souvenir et je bois pour lui. Soirée après soirée, les mains de mes amis se sont transformées en tapes dans le dos, comme pour me secouer, m'empêcher de sombrer, ou tout simplement de plomber l'ambiance. Hélas, aucun geste, aucune drogue, ni aucune musique ne pourra me détourner du fait qu'un homme est en train de mourir. Je finis même par en vouloir à tous ces gens qui font comme si de rien n'était et comme s'il n'y avait rien d'obscène à continuer à vivre malgré les circonstances, malgré mes circonstances. Si je pouvais, je ferais revenir l'hiver, j'instaurerais un couvre-feu, je débrancherais toutes les enceintes et toutes les enseignes. La maladie de mon père a fait de moi un tyran dont la tristesse est toute-puissante. Et quand je ne pense pas à plonger toute la ville dans ce noir qui m'emprisonne, je sors nerveusement mon téléphone de ma poche pour vérifier si je n'ai rien raté. À chaque vibration, c'est peut-être Nathalie, c'est peut-être lui. Soulagé lorsque ce n'est pas le cas, je ne peux quand même m'empêcher d'en vouloir aux messages de ma mère, aux discussions groupées sur WhatsApp, au Monde.fr, à Se Loger, à Surf Report, à Messenger, à Instagram… À toutes ces applications qui polluent mon réseau et me font sursauter à chacune de leurs notifications.

Ce soir, j'ai rejoint un groupe d'amis dans un bar du onzième et une nouvelle fois, je me suis déconnecté. Sans même m'en apercevoir, j'ai débranché le fil fragile qui me reliait à eux et je me suis mis à repenser à cette hypothèse que les médecins ont partagée avec Nathalie. Mon père serait malade depuis quatre ans, date qui coïncide plus ou moins avec le moment où nos rendez-vous annuels à Biarritz ont commencé. Il aura donc fallu une maladie grave et la peur de mourir pour que nous puissions commencer à vivre lui et moi. Parce que même si, à l'époque, il n'a fait aucun « check-up », je suis persuadé qu'il a senti le cancer arriver, qu'il l'a senti prendre ses aises. Ce constat m'attriste autant qu'il me touche. Il me peine à cause du temps perdu et il me touche car il signifie que mon père n'a pas voulu partir sans m'avoir retrouvé. J'avais donc une place de choix dans sa « to do list » et pour moi, ce n'est pas rien.

Sentant l'émotion me gagner et ne voulant pas plomber l'ambiance, je me lève et m'éloigne de mes amis en prétextant un coup de fil. Après avoir mis une distance suffisante entre eux et moi, je remets mon téléphone dans ma poche et reprends la seule occupation qui semble m'apaiser : marcher. Je quitte donc la rue du Général Renault et ses terrasses bondées pour arriver sur l'avenue Parmentier où la circulation est dense en ce jeudi soir. Presque automatiques, mes jambes décident de me balader le long de cette artère bouchée par des bus, des Uber, des camions de livraison, des trottinettes électriques, sans oublier tous ces irréductibles conducteurs qui considèrent que passer une heure coincés dans les bouchons avant de rentrer chez eux est une forme de liberté inaliénable.

J'ai beau me déplacer sans contrainte et choisir mon allure, je ressens le chaos, l'étouffement qui se joue sous mes yeux et j'imagine la frustration de tous ces prisonniers qui aimeraient sans doute être ailleurs. Moi aussi j'aimerais être ailleurs. Aux côtés de mon père, sur une plage, dans un train... N'importe où mais ailleurs. Plus rapide que les voitures, je continue tout de même mon chemin et tombe par hasard devant un restaurant africain, Le Village, dont les motifs de la façade jaune et noir me rappellent ceux des boubous que les Congolaises portaient à Brazzaville. Il est encore tôt, le service n'a pas commencé et le patron en profite pour préparer les tables et faire un peu de ménage. Je le vois d'ailleurs sortir de l'établissement et vider le contenu d'un seau sur le trottoir, laissant le flot puissant d'une eau marronnasse se répandre jusque sur la chaussée. Les pieds sur la rive de ce torrent miniature, je remonte soudain le temps pour retrouver un souvenir inattendu, comme enfoui dans les plis de ma mémoire.

C'était un matin de grosse chaleur à « Brazza ». Nous étions en voiture ma mère et moi et nous nous apprêtions à prendre le pont du Djoué qui enjambe le fleuve du même nom. Au milieu des piétons et des scooters chargés comme des camions de marchandises, nous nous rapprochions lentement de notre destination : le marché situé sur l'autre rive. Cette route, nous l'empruntions chaque jour mais ce matin-là, il y avait quelque chose de différent. À l'entrée du pont, sous le vieux manguier : personne pour acheter les pangolins, les singes et les chats sauvages braconnés la veille. L'attroupement s'était déplacé au beau milieu de la passerelle où une foule agitée bloquait malgré elle la circulation d'ordinaire déjà bien compliquée. Curieux face à toutes ces silhouettes appuyées sur la rambarde et tournées vers le fleuve, nous avons arrêté notre voiture pour les rejoindre à pied et voir ce qui se passait en bas. Nous étions en pleine saison des pluies mais le soleil semblait résister et abattait sur nous une chaleur de plomb, dégoulinante. Tenant ma mère par la main, je la tirais avec la force de mon impatience pour nous rapprocher de la rambarde. Une fois appuyés sur l'acier brûlant qui tenait le pont, nous avons découvert un Djoué en furie dont les courants avaient été nourris par les pluies diluviennes des jours précédents. Mais ce n'était ni la puissance des rapides, ni la hauteur des vagues qui réunissaient tous ces gens. C'était le sort d'un homme, seul sur un rocher au milieu du fleuve, à la merci d'une lumière assassine et des tourbillons marron qui menaçaient de l'avaler. Un pauvre pêcheur-piroguier qui avait dérivé au mauvais endroit et dont l'embarcation n'avait pas résisté aux assauts du Djoué. Réfugié sur un rocher à fleur d'eau, il était désormais acculé à une fin tragique avec, comme ultime liberté, le choix de la manière. Autour de nous, tous les Congolais hurlaient et faisaient de grands signes dans sa direction mais il n'y avait rien à faire. Ils le savaient, lui aussi et moi aussi. Je devais en effet avoir quatre ans, peut-être cinq lorsque, assistant à cette scène, j'avais simplement dit à ma mère : « Lui, il est mort. »

Petite tête blonde qui n'avait pas encore vécu, j'avais déjà compris le caractère inéluctable de certaines choses. Aujourd'hui, presque trente ans plus tard, c'est mon père que je vois seul sur ce rocher, au milieu du fleuve. C'est lui que j'imagine pris au piège et forcé d'attendre son propre dénouement. Malheureusement, je ne suis pas là pour m'agiter sur le pont, lui faire de grands signes et le détourner un instant de ce qui l'attend…

C'est sans doute ça qu'il a voulu, après tout. Être seul et pouvoir se jeter dans le courant, sans spectateur.

Pendant que je regarde, hypnotisé, l'eau s'écouler sur le trottoir, mon téléphone se met soudain à vibrer dans ma poche. C'est Nathalie.

— Oui, Nathalie. Ça va ?

D'ordinaire calme, positive et enveloppante, la voix de Nathalie est méconnaissable, désorientée, les mots sortent de sa bouche avec difficulté.

— Antoine ?

— Oui ?

— Antoine il faut que tu viennes… Ton père… Il ne va pas bien…

— Ok. Je peux venir demain ?

— Viens tout de suite…

— Ok, ok… j'arrive Nathalie.

— Oui, viens tout de suite…

Brusquement, elle raccroche et brusquement, l'alerte rouge est donnée. J'ai les jambes en coton et les larmes qui montent mais je n'ai pas le temps de m'occuper de moi.

Le moment est venu d'être là-bas. Il faut y aller.

C'était une belle cérémonie. Cette phrase, je l'ai beaucoup entendue à la fin de l'enterrement, quand les amis de mon père sont venus me saluer et ponctuer ma tristesse de formules de circonstance. J'ai d'abord eu du mal à comprendre ce qu'il pouvait y avoir de beau dans un adieu aussi rapide que brutal mais aujourd'hui, quelques jours après, j'arrive à entrevoir ce que tous ces gens ont voulu me dire et surtout, ce qu'ils ont voulu emporter avec eux.

C'est vrai, la lumière était splendide ce matin-là, tellement claire et pâle qu'avant même d'appartenir aux souvenirs, ce moment était déjà en noir et blanc. C'est vrai, la musique et les chants étaient à la hauteur de la passion de mon père. Le bois des sièges tremblait et les vieilles pierres de l'église faisaient rebondir les voix de tous ceux qui voulaient lui montrer, une dernière fois, qu'ils étaient là. Et ils étaient nombreux, venus de toute la France et de toutes les époques de la vie de mon père. Il me suffisait de balayer les allées du regard pour remonter le fil de son histoire. Versailles et la famille aux premiers rangs, puis la Bretagne, les copains du golf et des apéros sans fin au club-house, et au fond, Arcachon, le dernier chapitre, et ses amis de la chorale. Seule absente de cette frise chronologique : l'Afrique, dont aucun des témoins de cette époque, excepté mes frère et sœur et moi, n'avait pu faire le déplacement. La foule était compacte mais surtout, elle était belle, élégante, à l'image de celui qu'elle était venue célébrer. Mon père avait l'élégance communicative. À côté de lui, on se sentait beau et ce matin-là, pour la dernière fois, tout le monde l'était.

Mais au-delà de l'esthétique, ce que j'emporte avec moi, ce sont des images, des sensations qui s'enchaînent et resurgissent comme les pulsations d'un cœur qui bat.

Les crampes de mon ventre vide en sortant de la voiture ; les cigarettes que j'enchaîne nerveusement et qui me donnent soif ; le soleil, la chaleur et ma chemise trempée qui me colle à la peau ; mes mains posées sur le cercueil ; le froid glacial à l'intérieur de l'église ; le poids de mon père et du bois sur mes épaules ; mon dos qui me fait mal ; et mes pieds qui avancent malgré tout.

Au milieu de tous ces flashes, il y a quand même un instant qui restera à jamais dans ma mémoire. En rond, autour du sable qui allait bientôt le recouvrir, nous avions choisi le cimetière pour l'entendre chanter une dernière fois. Et dans le vent qui soufflait ce jour-là, sa voix s'est envolée pour danser quelques minutes au-dessus de nous. C'était un vieil enregistrement que nous connaissions tous. Mon père devait avoir à peine treize ans, soliste accompagné par sa chorale, il interprétait une berceuse brésilienne, *Tutu Maramba*, avec la sensibilité, la justesse et la puissance qui ne l'ont jamais quitté. La voix tremblante, nous étions quelques-uns à essayer de l'accompagner sans vraiment connaître les paroles. Je m'en voulais.

Pendant que, derrière la mélodie, je m'efforçais de mettre un visage et une expression sur cet enfant que je n'ai pas connu, une évidence m'est apparue, chargée d'émotion. Avant tout le reste, mon père était un chanteur. Il n'était pas ici pour faire des affaires, jouer au golf, boire du vin, ni même fonder une famille. Il était ici pour chanter et inonder les églises, les salles de concert, le monde, de sa voix rare et précieuse. Et s'il ne l'a pas suffisamment fait ici-bas, j'espère qu'il le fera quelque part, sans s'arrêter, tant que la musique existera. Après avoir chacun jeté une poignée de sable, nous avons tous quitté les lieux émus et graves. En y repensant, mon père avait bien raison lorsqu'à l'hôpital, il m'a dit cette dernière phrase qui lui ressemblait tellement :

« De toute façon, la fin, c'est ce qu'il y a de moins drôle... »

C'est vrai, nous n'avons pas beaucoup ri ce jour-là.

Je retrouve pourtant un peu le sourire aujourd'hui, en découvrant la maison où il a vécu avec Nathalie. Une petite longère blanche posée sur une pelouse jaunie par le soleil, nichée au milieu des pins. De cet endroit, je ne connais rien excepté son ancien occupant que je vois partout. Sur la terrasse de l'entrée où il prend son café, lit *Le Figaro* et *L'Équipe*, installé sur un vieux fauteuil en bois. Dans le canapé en toile blanc du salon où il s'endort paisiblement devant un tournoi de golf, après un déjeuner et quelques verres de rosé. Je l'entends aussi chanter dans son bureau, en écoutant de vieux disques.

Quand je me tourne vers la grande fenêtre du salon qui donne sur le jardin, je l'imagine, une fois la nuit tombée, aller exercer ce qu'il appelait « le privilège de l'homme » : pisser au fond du jardin. Combien de fois avons-nous arrosé la haie de notre maison en Bretagne tous les deux… C'était notre rituel, le seul rendez-vous père-fils que nous ne manquions jamais dans mon enfance. Tous les soirs, nous nous installions côte à côte face à la haie de thuyas. Il me répétait à chaque fois : « Tu vois, ça c'est la liberté ! » Satisfaits, nous rentrions et moi à son côté, j'avais l'impression d'être un homme, un vrai.

Devenue la conservatrice d'une histoire, Nathalie m'accompagne dans toutes les pièces encore chaudes de la présence de mon père. C'est comme si les meubles ne savaient pas encore qu'il ne reviendrait plus. Nous entrons dans la chambre où ma belle-mère tient à me montrer quelque chose. Elle ouvre les portes d'un vieux meuble et soudain, un trésor apparaît : les vêtements de mon père. Des dizaines de pulls et de pantalons de toutes les couleurs et pour toutes les saisons. Du bleu ciel, du bleu marine, du bleu roi, du rouge, du bordeaux, du rose, du jaune, du vert, de l'orange, du marron, du beige... Des couleurs qu'il associait sans effort avec l'instinct et la maîtrise d'un artiste. Chaque pull que j'attrape est un souvenir que je déplie. Le bleu ciel pour les apéros au-dessus de la plage de la Côte des Basques, le rose pour les étés à la terrasse du golf, le bordeaux pour les déjeuners de Noël et le jaune pour les balades en bateau... Me voyant replonger dans une vie entière avec une joie empreinte de nostalgie, Nathalie me dit :

— Prends ce que tu veux, de toute façon je vais devoir tout donner.

Depuis le début, c'est le pull jaune qui m'attire. Je ne porte jamais cette couleur mais il me rappelle nos meilleurs moments, avant que ça se gâte.

L'été 1998, celui des pique-niques à l'archipel des Ebihens, des îles bretonnes paradisiaques, celui des vacances d'été chez lui, où je jouais au golf dans son jardin et celui de la victoire des Bleus pendant la Coupe du monde de foot. En France, tout le monde était heureux cet été-là, nous aussi.

Et puis, la couleur du soleil pour se rappeler un homme bronzé toute l'année, ça a du sens.

Alors, j'enfile ce pull qui s'est imposé à moi et fier, je me retourne vers Nathalie :

— Quelle élégance ! C'est fou, tu le portes comme ton père…

Devant le miroir, je suis obligé de lui donner raison. Pour la première fois, je retrouve quelque chose de lui dans le trentenaire que je regarde avec sévérité. La façon de me tenir les pieds écartés, les mains dans les poches et les sourcils froncés… J'ai adopté en un instant et sans m'en rendre compte la dégaine et l'attitude de mon père. Pour l'avoir fait renaître en moi, ce pull a quelque chose de magique.

Après ce que nous avons tous traversé, je dois rentrer à mon tour. Pour quelle raison précise, je ne sais pas, mais il le faut. Alors je garde sur moi le pull magique et avant de monter dans la voiture de Nathalie, je jette un dernier regard sur cette maison blanche pleine de souvenirs. J'aimerais y revenir mais je n'ai pas le temps. Et sans doute ai-je dans ma mémoire suffisamment de trouvailles que je n'ai pas encore déterrées.

Sur la route qui nous mène à la gare, nous ne prononçons pas un mot et pour faire taire ce silence, Nathalie allume la radio. L'animateur présente la chanson qui va suivre, un morceau qui vient tout droit d'Espagne et qui, il l'assure, deviendra le tube de l'été. Les premières notes retentissent, c'est *La Cintura*, cette mélodie qui nous a accompagnés partout, mon père et moi. Au lieu d'être envahi par le chagrin, je laisse échapper un rire. Il était vraiment bien ce voyage.

« Y bajando, bajando
Olvidando, olvidando
Que estoy bailando, bailando
Y así hasta el amanecer »

Cet ouvrage a été imprimé
CPI Firmin-Didot au Mesnil-sur-l'Estrée
pour le compte des Éditions Grasset
en mai 2021.

Composition Maury-Imprimeur

PAPIER À BASE DE
FIBRES CERTIFIÉES

Grasset s'engage pour
l'environnement en réduisant
l'empreinte carbone de ses livres.
Celle de cet exemplaire est de :
400 g éq. CO_2
Rendez-vous sur
www.grasset-durable.fr

N° d'édition : 22036 – N° d'impression : 164441
Dépôt légal : juin 2021
Imprimé en France